主编　凌翔

当代著名作家美文自选集

愿你走过泥泞，依旧美丽

王茜　著

民主与建设出版社
·北京·

图书在版编目 (CIP) 数据

愿你走过泥泞，依旧美丽 / 王茜著 . —北京：民主与建设出版社，2019.12

ISBN 978-7-5139-2769-7

Ⅰ . ①愿… Ⅱ . ①王… Ⅲ . ①中国文学—当代文学—作品综合集 Ⅳ . ① I217.2

中国版本图书馆 CIP 数据核字（2019）第 248851 号

愿你走过泥泞，依旧美丽

YUANNI ZOUGUO NINING，YIJIU MEILI

出 版 人	李声笑
著　　者	王　茜
责任编辑	周佩芳
封面设计	陈　姝
出版发行	民主与建设出版社有限责任公司
电　　话	（010）59417747　59419778
社　　址	北京市海淀区西三环中路 10 号望海楼 E 座 7 层
邮　　编	100142
印　　刷	唐山楠萍印务有限公司
版　　次	2020 年 1 月第 1 版
印　　次	2020 年 1 月第 1 次印刷
开　　本	710 毫米 ×1000 毫米　1/16
印　　张	13
字　　数	200 千字
书　　号	ISBN 978-7-5139-2769-7
定　　价	49.80 元

注：如有印、装质量问题，请与出版社联系。

序　自然催生文字

王劲松

一幅好的书画作品，笔下的留痕，一定是清爽的。纸面干净，点线清朗，墨气顺畅，不过亦无不及，适当到极致。

晋人笔下如此。

文学创作亦然。

清洁之作，与简约是连在一起的，材料是尽可能的少用，表现的精神内蕴尽量的多。一字、一句、一篇之内无多余，也无添加剂，由此，它是自然和生态的。

“元人专务华而离实，若落花坠蕊，虽红紫嫣熳，而大都衰谢之风。”何为？太热闹了。

古人作诗，把“意义”隐于其中；

今人作诗，则把“意义”显山露水。

任何文艺作品的后面都反映社会日常，表达当然是不同的方式，可能卑微，可能看不见，也有可能是自娱自乐，但大众一定需要这种五味杂陈。

当然也需要真知灼见和真情流露。有多少米，煮多少粥；如果只有一小杯米，兑一桶水，熬出来自然寡淡。这也是作品的含金量。王茜身为公务员，在她在文字里却很少留有职业的印痕。王茜把写作当作日常，不少文字是去掉散文之气的，她在文字中写平常，写个性心情，这也是一种美感，看起来斑斓不超然，人间烟火却伴随其中。

“大篇约为短章，涵蓄有味；短章化为大篇，敷演露骨。”大未必佳，小未必不佳，壶中可以藏日月，就是小的魅力，但精神容量是大的。这本集子中，短章占比不小，但并不影响书的厚重。

书中自有黄金屋。“读书种子”，黄庭坚说的相当到位。“四民皆当世业，士大夫家子弟能知忠信孝友，斯可矣，然不可令读书种子断绝，有才气者出，便名世矣。”

种子应该是具状的，有形的，读书种子却是无形的，但无形的种子能在人心中生长和变化，变化的是人的精神气质！

我希望王茜的文字也是一颗颗种子。

2019年5月14日于松竹堂

目　录

第三辑　清风明月

第四辑　书影流年

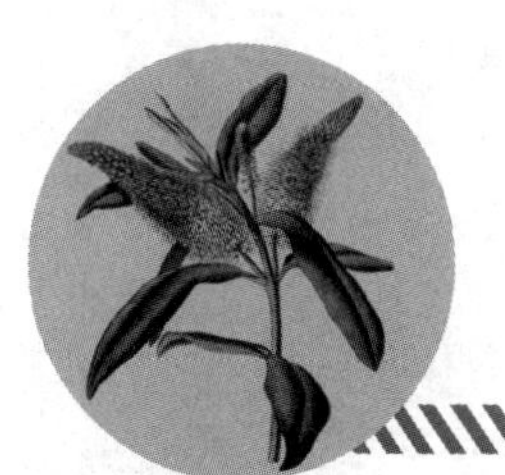

第一辑　眼存山河

最好的爱情

1959 年，在北大图书馆里，有一江南女子时时出入，21 岁的年纪，她叫樊锦诗。她来自繁华的大上海，父亲是清华大学毕业的工程师，受父亲的影响学了考古。还有一个男生叫彭金章，来自河北农村，人很朴实，同样学考古，同样爱钻图书馆。于是，他们时常偶遇在图书馆。彭金章总早早地到图书馆，在旁边帮她占好位子，她来了也就悄悄坐下，心照不宣，默默无言，爱情就这样生根发芽。

1962 年，樊锦诗到敦煌去实习，她被深深震撼了，然而洞窟里的画再美，洞窟外的现实生活还是让她惊呆了，没有电灯，水又咸又苦，黄沙漫天。更让她难受的是，晚上上厕所要跑好远。有一天晚上，她一出门就看到两只绿绿的大眼睛正瞪着她，那难道是狼？樊锦诗赶紧关上房门，憋了一晚上尿，瞪着天花板直到天亮，第二天才知道那只是头驴。生活条件艰苦，再加上水土不服，樊锦诗整个人一下子就虚了，好不容易坚持到实习结束，心想再也不回来了。

1963 年，樊锦诗毕业了，她最爱的人彭金章被分配到了武汉大学。

然而敦煌研究院却写信到北大要人：当初一起的 4 个实习生全部都要。樊锦诗的父亲一下子急了，他给学校写了一封长信，让樊锦诗转给领导，没想到樊锦诗却默默拦下了那封信。因为她还记得，初见敦煌，仿佛听到千里之外的召唤，让她去保护敦煌。于是她说："同意去敦煌。"同样学考古的彭金章自然理解，也就默默支持了她的决定。不过二人约定，3 年之后，她就去武汉和他会合。情侣分别两地，他们各有自己的江湖，各自忙着工作，偶尔鸿雁传书。

1 年后，好不容易等到假期，彭金章千里迢迢奔赴大漠敦煌去见心爱的姑娘。但他怎么都无法相信，眼前的"野姑娘"是昔日那个一口吴侬软语的江南姑娘，西北的狂风就像刻在她身上一般。他满是心疼，却只能恋恋不舍地回到武汉，等着她的归来。然而与恋人 3 年之约期满，却又遇上了十年浩劫，樊锦诗因故没能走成。同事朋友开始劝彭金章再找个新的吧。这个憨厚的男孩只是笑笑："我等她。"

1967 年，樊锦诗奔赴武汉，在珞珈山下，二人终于成婚。接着她便匆匆赶回敦煌。此后，便是 3 年之后又 3 年。一个在敦煌，一个在武汉，开始了 19 年的漫长分居生活。

1968 年，樊锦诗有了孩子，本想到武汉生产，没想到孩子早产了。接到电报后，彭金章挑起扁担就往敦煌赶，坐汽车转火车再转汽车。2000 多公里，等他到的时候，孩子已经出生 1 个星期了。初为人母的她哪里知道怎么带孩子，慌乱、脆弱、无助，看到彭金章，她禁不住号啕大哭。彭金章满是心酸，一心一意地照顾她。可是孩子还没满月，他就不得不赶回武汉，在武汉大学里，中国的夏商周文明考古课程正在等着他。

在敦煌的大漠里，樊锦诗要工作，还要带孩子。于是她每天用被子把孩子围在床上，然后出门去上班。一下班就慌忙往家赶，只要听到孩子的哭声，她一整天揪着的心就放下了，因为这说明孩子安全。可是有一次，她一进门，孩子居然躺在煤渣子里，五六个月大的孩子脸都被刮花了，樊锦诗难受得想哭。彭金章也心疼，他把孩子接到武汉，让樊锦诗安心工作。再后来，他们有了第二个孩子，两人依然两地分居，彭金章又把孩子送到河北农村的姐姐家。漫长的时间，一家四口分居三地，每日遥寄相思。每逢中秋、春节这种阖家团圆的日子，他们只能通过电报慰藉相思。

老二 5 岁的时候，樊锦诗去接。一个小孩呆呆地站在门后，樊锦诗径直路过进门，当彭金章的姐姐说："你没见你儿子？"樊锦诗这才发现，她居然连儿子都不认识了，当孩子喊出"妈"的时候，她的眼泪止不住地流。再次回到敦煌，他们觉得真的不能再这样分居了，家人要团聚啊！为了留住樊锦诗，敦煌研究院 3 次派人前往武汉大学，他们想把彭金章调至敦煌。而武汉大学不甘示弱，同样回敬 3 次，他们想要说服敦煌研究院放樊锦诗去武汉大学。几年间，双方终究没能分出输赢。

1986 年，领导终于批准樊锦诗可以离开。23 年前的约定，整整迟到了 20 年，按理说该喜极而泣。樊锦诗却犹豫了，因为莫高窟病了，墙上的壁画一点点脱落，照这么下去，没多久就会被彻底毁掉。她说："倘若敦煌毁了，那我便是历史的罪人。"她小心翼翼地向他倾诉心声，没想到他非但没有生气，只回了一句："看来我得过去，跟你腻在敦煌了。"于是彭金章辞职，前往敦煌。

1987 年，莫高窟被列为世界文化遗产，他们开始寻求国际合作，花了多年时间，在石窟之外，建起了防沙屏障，病害终于有了好转。彭金章发现莫高窟的北区，在学术研究上竟然是一片荒漠，因为难出成果，缺了北边，怎么能算完整的莫高窟呢？于是，他拿出了自己带队考古的看家本领，开始带人地毯式清理洞窟。就这样他筛遍了北区的每一寸沙土，把有编号的洞窟从 492 个增加到 735 个，并从石窟中出土了大量文书。从繁华都市到大漠敦煌，本是为她而来。没想到他却意外爱上了这里，也踏上了他人生中最辉煌的阶段。

与此同时，樊锦诗也开启了人生新阶段。1998 年，60 岁的她从前任手中接过担子，成为敦煌研究院的院长。这个年近八旬的老太太想利用数字技术让莫高窟“容颜永驻”。而彭金章自然是带着欣赏全力辅助。2016 年 4 月，“数字敦煌”网站上线了，如今不必去敦煌，全世界的人们只要点击鼠标，就可以进入洞窟游览。我们无力阻挡民族文化瑰宝的消逝，而他和她却拼着命也要赋予莫高窟新的生命，以影像的方式送到我们的子孙后代面前。

相识、相知、相离、相守，彭金章和樊锦诗不仅成就了一段旷世奇恋，还用生命守护住了中华民族的千年敦煌。他们用行动诠释了，所谓最好的爱情，不过就是异地时的问候和思念，是艰难时的包容和守护，是我认准了你便再也没有想过别人，是让你在任何时候都可以做自己。

与死神赛跑的院士

2018 年 9 月，经中央军委批准，增加“献身国防科技事业杰出科学家”林俊德为全军挂像英模。

林俊德（1938—2012 年），是我国爆炸力学与核试验工程领域著名专家，中国工程院院士。入伍 52 年，参加了我国全部核试验任务，为国防科技和武器装备发展倾尽心血。在癌症晚期，仍以超常的意志工作到生命的最后一刻。

1955 年，17 岁的林俊德，考上浙江大学机械系。家中贫困，上学的路费是信用社的借贷和学校的补助，读大学的费用全靠政府发放的助学金。林俊德总是默默努力学习，从不在同学面前表露和宣扬自己，并以全班第一的总成绩毕业。

1960 年，林俊德被分配到国防科委下属某研究所。当时国家正在西北建设一个核试验场，组织决定让他去那里工作。从此，他个人和国家的命运紧紧绑在一起。

1964 年，罗布泊一声巨响，蘑菇云腾空而起。有一个经典画面广为人知——人们纷纷跳出战壕，将帽子抛在空中，相拥而庆。然而，另一场景却鲜为人知——当蘑菇云还在不断向上翻滚时，林俊德穿着防护服，无所畏惧地向烟云靠近，搜寻记录此次爆炸数据的设备。他为测量核爆炸冲击波参数提供了完整可靠的数据，证实了第一颗原子弹爆炸成功。

他研究爆炸力学，一辈子都和炸药打交道。为了拿到第一手资料，每次总是尽可能地离炸药近一点。一次在野外，等了好久炸药都没响，他用对讲机对其他人大声喊："你们都不要动，我来弄。"说着就走上前，快到炸药放置点时，他再次回头对跟在后面的人说："趴下，不要抬头！"然后自己上前排除了险情。他经常要在核爆后第一时间去抢收数据。有一次，车坏在路上，他看到司机带着防护罩修车进度很慢，就先把自己的防护罩摘下来，证明没有危险才让司机也取下，提高修车效率。

每做一次实验，他都建一个档案，就像病人的病历一样，几十年从没间断。谁需要资料、数据，都能在他那儿很方便地找到。

他像胡杨树一样在戈壁大漠，扎根半世纪。他一辈子被人看作"学习狂"和"工作狂"。即使上了年纪，在他的日程表里，搞研究、做实验、带学生几乎占去所有时间。他一年只休息三天。

2011 年，74 岁的他由于拍摄实验现场太专注，被绊倒在地，膝盖和脸部都被蹭伤，让他包扎一下，他笑着说没事没事，拍了拍灰尘继续工作。

2012 年，他因癌症晚期病情严重住进医院。脸颊凹陷，瘦得厉害，几乎让人认不出来。他一开始就问医生，做手术和化疗以后能不能工作，医生回答不能，于是他放弃了治疗。住重症监护室不能工作，他难得用将军的威严下命令一定要搬去普通病房。

他戴着氧气面罩，身上插着各种管子，最多时插着十多根管子。即使这样，他仍坐在临时搬进病房的办公桌前，对着笔记本电脑，一下一下挪动着鼠标，每挪一下，都让旁边的人心颤一下。在病房工作间歇，他休息也要坐着，怕躺下就起不来了。

电脑里有关国家核心利益的技术文件，藏在几万个文件中，只有他自己才能整理，还有自己的科研思考，学生的培养方案，他都要系统整理，怕耽误学生的论文答辩和毕业。他知道自己时间有限，要尽快。去世前三天，他写下这辈子的最后 338 字，虽然手抖得厉害，但字迹工整，没有一丝潦草。这是他给学生写下的论文评阅意见。他在 5 月的最后一天去世，这个学生在 6 月通过了毕业论文答辩。

他带过的每位学生，都在他的电脑里有个属于自己的文件夹。住院期间，他让学生们将各自的文件夹拷贝走。这时学生们才发现，从跟他的第一天起，短的三四年，长的十几年，他都详细准确地记录下了每个人的成长足迹。他的 23 个学生，个个都成为各自领域的专家。

人们赶到医院看望他，他说："我没有时间了，看望我一分钟就够了，其他事问我老伴吧。"他让老伴在医院附近找了一间房子，专门用作接待，即使是远道而来的亲人，也没有商量余地。他继续吸着氧气按着鼠标。

插着管子工作没有效率，他两次让医生拔掉引流管和胃管。他的肚子里都是胀气和腹水，身上抽出过 2800 多毫升积水，心率、呼吸快得接近正常人的两倍，严重缺氧，平常的喘气比刚跑完百米赛还剧烈。他从没因疼痛在人前发出一声呻吟，只有当医生凑近问怎么样时，他才说有点儿不舒服。

那一天早上，他的病情急剧恶化。上午，他要求、请求甚至哀求，想尽各种办法下床工作，两个小时里，他求了 9 次。不忍心他最后一个愿望都不被满足，他终于被放下地。半小时过去，他的手颤得握不住鼠标，也渐渐看不清，几次问女儿眼镜在哪，女儿说，眼镜戴着呢。这时候，很多人忍不住跑出去痛哭起来，怕他听到，还要使劲捂着嘴巴呜呜地哭。他又接着工作了 1 小时。最后的 5 个小时里，他陷入了昏迷，但不时又能听到他在嘴里念“ABCD”“1234”，这些都是他在电脑里给文件夹排的次序。

5 月 31 日 20 时 15 分，他的心脏停止了跳动，也不会再哀求着起床。他没做完他的工作，这几天他在电脑上列了个提纲敲敲打打，5 条提纲的内容没有完全填满，家人留言这一条完全是空白。

这晚，他的学生们亲吻着他的手，长跪不起，希望昏迷中的他哪怕能抬抬手指，像父亲一样抚摸一下他们的头。

他早早跟老伴安排了三个遗愿：一切从简，不收礼金；不向组织提任何要求；把他埋在马兰。最后一个，算是他的一个要求。司令员听完转身，眼泪打湿了满脸。

罗布泊边缘的马兰，是他最惦念的地方，在那里，他和所有人一样，干着惊天动地的事，也做着隐姓埋名的人。五月的马兰小院里，草长高了，杏也熟了，正等着他回去。创造了马兰精神、见惯了英雄的马兰人送给他一副挽联，为他送行：“铿锵一生，苦干惊天动地事；淡泊一世，甘做隐姓埋名人”。

真正的国家精神

1914 年，何泽慧出生在苏州。幼时的她在家族影响下，晓文识字，酷爱读书，早早就立下了献身科学的宏大理想。

1932 年，18 岁的何泽慧考进了清华物理系，是当年唯一的“女状元”。何泽慧的同班同学里，有个男生名叫钱三强，他们彼此互相欣赏。

毕业后，钱三强赴法国跟随居里夫人深造。何泽慧则跑到南京军工署求职，希望能打败日本侵略者。结果却因为她是女生被拒绝。她并没有放弃，立马跑到德国，直奔柏林高等工业大学技术物理系。可系主任克里茨教授却再次拒绝了她。这个系本就属于保密级别，别说不收女性，连外国人也一概不收。她一听急了，真诚急迫地对克里茨说：“你可以到我们中国当军工署的顾问，帮我们打日本侵略者。我为了打日本侵略者，到这里来学这个专业，你为什么不收我呢？”克里茨被她深深地打动了。就这样，何泽慧成了该系第一个外国留学生，也是该系第一个外国女留学生！

1940 年，何泽慧以优异成绩获得博士学位。1943 年她首先观测到了正负电子碰撞现象，被英国《自然》称为“科学珍闻”。

那时，中国战火纷飞，何泽慧难以联系上亲人们，她想到了在法国的钱三强。她给他写了封信，由于战时限制只能写25个字。她在信中问他是否还在巴黎，如可能代她向家中父母报平安。此后，两人的书信往来越加频繁。到了1945年，他终于鼓起勇气向她求婚。就这样第二年春天她来到巴黎，在居里夫妇的见证下举行了婚礼。

之后何泽慧跟随丈夫留在法国，进入居里实验室工作。由于何泽慧首先发现铀核“三分裂”现象，她被人们尊称为“中国的居里夫人”。这项震惊世界的发现足以获得诺贝尔奖，可由于当时世界对中国的歧视，诺贝尔奖并没有公平地发放奖章。

1948年，两人不顾各种阻挠，历经艰辛，义无反顾地回到魂牵梦萦的祖国。

不久后新中国成立，一切百废待兴。她和钱三强毅然扛起了筹建中国科学院近代物理研究所的重任。那时中国连简单的仪器都找不到，更让他们头疼的是资金问题，可他们没有灰心丧气，两个人骑着自行车跑到旧货店和废品收购站，寻找可以利用的元件。她负责绘制图纸，他负责动手制作，在简陋条件下做出了一个个必需的仪器。

1956年，她还带领团队成功研制出性能达到国际先进水平的原子核乳胶，而当研究所重点转向原子能后，她又立即奔赴苏联，负责关键的加速器及在反应堆上进行核物理实验。

1958年，中国第一台反应堆及回旋加速器建成后，她担任起中子物理研究室主任，使中国快中子实验工作很快就达到了当时的国际水平。鲜少有人知道她为中国的核武器做出了无与伦比的功绩。

后来文革她和钱三强身处逆境，却依然对科学怀着无尽的热忱。

1973年，59岁的她被邀请担任中科院高能物理研究所副所长。上任后，她推动了中国宇宙线超高能物理及高能天体物理的研究和发展，并在西藏建成世上海拔最高的高山乳胶室，使中国成为当时少数几个能生产核乳胶的国家之一。

何泽慧从不在意物质待遇，她把私宅苏州网师园全部捐献给了国家，住的是二十世纪五十年代的破败小区。穿的是地摊货，去参加国际会议，穿的都是打了三层补丁的鞋，手里提的是带子都断了的人造革书包。单位要给她派专车接送，她死活不要，只坐公交车，一直坐到 92 岁。92 岁那年，她不小心摔坏了脚，痊愈以后，她坚持上班，她终于接受了单位派车，但要求坐单位的中巴，一来节约，二来可以和同事聊天。2011 年 6 月 20 日，在走完近一个世纪的人生路后，何泽慧永远地闭上了双眼。这一生，她虽出生贵族世家，却朴素到了尘土里，就连离去都那么低调。

真正的国家精神，是永怀一颗赤子之心，为祖国无止境付出，从未考虑过丝毫索取。何泽慧作为中国第一位物理学女博士，中科院第一位女院士，中国第一代核物理学家，世界级科学巨匠，代表着中国真正的国家精神。

他的 33 个“孩子”

2009 年，港珠澳大桥项目刚刚成立，在沉管隧道领域，中国的技术还无法比肩国际水平。当时全国江河沉管隧道总长不超过 4000 米，在此基础上要建立一个长 5664 米的外海沉管隧道，费用之高、难度之大、风险之大，就吓退了无数前来应标的公司！可这个重担，偏偏就落在了工程师林鸣身上。

在最开始的时候，林鸣一直希望能够与国际上最一流的、有过外海沉管安装经验的公司合作完成沉管隧道的建设。林鸣团队请了荷兰公司来合作，把 15 亿的天价讨价还价到 3 亿后，对方却给他唱了首祈祷歌，然后拂袖而去。就这样，深埋沉管这个难题，历史性地摆到了中国工程师的面前。但林鸣没有绕开，他坚信：只有走自我研发之路，才能掌握核心技术，攻克这一世界级难题。

在几乎空白的基础上进行自主研发，林鸣和他的团队面对的是常人难以想象的困难：需要将 33 节，每节重达 8 万吨，长达 180 米，宽约 38 米，高 11.4 米的钢筋混凝土管，在伶仃洋水下 50 米深处，安装成长达

6.7 公里的海底通道。这一项施工的技术难度，堪比“海底穿针”。

这 33 节沉管，从 E1 到 E33，每一节都有自己的故事。在林鸣眼里，它们就像他的每一个孩子。

第一个孩子——E1 安装的时候，林鸣和他的团队，在海上连续奋战了整整 96 个小时，5 天 4 夜没合上眼。终于，海底隧道的第一节沉管成功安装！这一举动，填补了中国外海沉管隧道技术的空白！

然而，第一节的成功并不意味着后面 32 节安装都可以简单复制，严苛的外海环境和地质条件，使得施工风险不可预知。每一次安装，离开房间的时候，林鸣都会回头看看那个房间，因为每一次出发，都可能是最后一次出发。

死神对林鸣的第 15 个“孩子”发出了通告。在第 15 节沉管安装时，他们碰到了最恶劣的海况，珠江口罕见地只有不到 10 度，海浪有一米多高，工人都被海浪推倒在沉管顶上。尽管如此，工人还是护送沉管毫发无损地回到了坞内。命是捡回来了，可 E15 的安装计划却就此搁浅。

第二次安装在 2015 年大年初六，为了准备这次安装，几百人的团队在春节期间一天也没休息。但当大家再一次出发，现场出现回淤，船队只能再一次回撤。拖回之后，许多人都哭了。

作为总工程师，林鸣带领团队攻破无数难关，一起熬过无数个夜，但他也有熬不住的时候。在筹备第八个“孩子”——E8 沉管安装的关键时刻，林鸣出现了鼻腔大出血，情况十分危险。“工程建设就像走钢丝，每一步都是第一步。”这句话一直深深地烙印在林鸣心中，也成为他坚定的信条。于是在做了两次全麻手术后，他立马又投入安装工作，医生只好跟着上船。

10 年来，几乎每到关键和危险的时刻，林鸣都会像“钉子”一样，几小时、十几个小时、几十个小时地“钉”在工地。他瘦了整整 40 斤。

2017 年 5 月 2 日，最后一节沉管安装完成。世界最大的沉管隧道——港珠澳大桥沉管隧道顺利合龙。世界各大媒体都在为这项超级工程的完美落幕欢呼，而林鸣却在焦急等待最后的偏差结果。偏差 16 公分，中国的设计师、工程师、包括瑞士、荷兰的顾问大多数人都认为没问题，但林鸣说：“不行，重来！”

茫茫大海，暗流汹涌，把一个已经固定在深海基槽内、重达 6000 多吨的大家伙重新吊起、重新对接，一旦出现差错，后果不堪设想。几乎所有人都想说服林鸣罢手。这时，林鸣内心出现一个声音：“如果不调整的话，会是自己职业生涯和人生里，一个永远的偏差。”他把已经买了机票准备回家的外方工程师，又“抓”了回来。经过 42 小时的重新精调，偏差从 16 公分降到了不到 25 毫米！缩小了几十倍的差距！

那一夜，林鸣睡了 10 年来的第一个安稳觉。

桥的价值在于承载，而人的价值在于担当。努力不是做给别人看的，越是别人看不到的地方，越要做好，越要有益于他人，并得到社会的认可。

国魂在烈火中永生

农村娃成世界大师

1909 年，郭永怀出生于山东荣成一户家境殷实的普通农家。从小他就聪明伶俐，父母非常疼爱他。10 岁那年，郭永怀被送到本家叔叔办的学堂里读书。这位天赋过人的少年，从农村学堂经青岛大学附中、南开大学预科班和两年的南开本科，一路过关斩将考进了北京大学物理系。

1938 年夏天，郭永怀参加了人生中最重要的一次考试——中英庚子赔款留学生招生考试。在 3000 多名参考者中，郭永怀所报考的力学专业只招一人。结果，郭永怀与另两人一同考出了最高的相同分数。后经教授极力争取，三人才幸运地被一同录取。

30 岁这年夏天，郭永怀登上了海外留学的轮船。轮船还没有起航时，郭永怀却气愤地当场撕毁护照！那时，正值日军侵华战争，能出国留学实属不易。可上了船的郭永怀却发现，自己护照上有日本签证！上面写道：在日本横滨停船三日上岸游览！郭永怀握紧拳头，宁可不留学，也绝不能接受侵略者的签证！为捍卫民族尊严，他不惜牺牲难得的留学机会，与 20 多名同学一起，当即拎起行李走下轮船。

直到第二年，郭永怀与同学们才再次起航。他进入了加拿大多伦多大学的应用数学系，仅花了半年时间，就拿下硕士学位。在加拿大完成学业后，郭永怀进入美国加州理工大学，师从素有“航空之父”之称的流体力学大师冯·卡门，研习空气动力学。

5 年后，拿到博士学位的郭永怀去了康奈尔大学，成为航空研究院的创立者之一。郭永怀在康奈尔大学尽情挥洒才华，在科学上取得重大突破。他的研究成果为人类突破音障、实现超音速飞行做出了重要贡献。

烧毁论文只为报国

当时，郭永怀不仅是著名的空气动力学家，还是一代应用数学大师。在他心里，一直有一个坚定的念头：就是一定要回国，为新中国效力！但美国万般阻挠，不愿放他走。

1953 年 8 月，中美签订朝鲜停战协定后，美国政府才取消禁止中国学者出境的禁令。但美国仍以“维护国家安全”为由，设置种种障碍，阻挠中国学者回国。有段时间，妻子李佩就发现，经常有不明身份的人在她家附近徘徊偷窥！

3 年后，郭永怀在回国前举行了一次野餐会，在美国的朋友纷纷前来为他们送行。在这次聚会上，郭永怀当着所有朋友的面，亲手烧毁了自己所有的研究成果和资料，将自己所有心血都烧成灰烬。李佩看在眼里，痛在心里，但她明白，这是为了避免被美国政府找麻烦。郭永怀安慰她：“没关系，知识都在科学家的脑袋中，他们拿不走。”

国庆节的前一天，李佩和郭永怀带着年幼的女儿，动身回国！他们回国上船时，把汽车送给最后一个给他们送行的人。就像他们对美国没有丝毫留恋一样，他们对钱财之物也没有丝毫贪恋。对祖国深沉的爱让他们甘愿承受巨大落差：从舒适宽敞的大房子，搬到破旧窄小的小房子；从设备一流的实验室，移到落后几十年的小屋子里做研究；从领着高薪的富裕生活，到拿着微薄的工资勉强维持生计。

之后，郭永怀便全力以赴地投入到研究和指导工作之中。他经常早出晚归，埋头书案，业余的兴趣爱好全都抛在一边。为了节约时间，他把所有书籍资料甚至连家中冰箱等电器都搬到了单位，把力学所变成了第二个家。

1959 年，苏联撤走所有专家，拒绝向中国提供原子弹的数学模型和技术资料。一年后的一天，钱三强突然来到郭永怀的办公室，请他参加国家的一项绝密任务。郭永怀正式受命担任副院长，负责原子弹的理论探索和研制工作。

拼死保住绝密文件

青海新建的核试验基地的环境恶劣，条件艰苦。年过半百的郭永怀已是两鬓斑白，看起来一天比一天苍老。在即将进入原子弹试验的日子里，郭永怀经常工作十几个小时，有时甚至彻夜不眠。他让警卫员别在铁床上铺褥子，这样睡觉一翻身就会硌着疼醒了，然后就能继续工作。

1964 年 10 月 16 日下午，中国第一颗原子弹爆炸成功。当所有人都沉浸在巨大喜悦中时，郭永怀因为疲劳过度晕倒在了实验现场。

4 年后，年近六旬的郭永怀再次来到罗布泊实验基地，准备我国第一颗热核导弹的实验。正值实验关键时刻，已在青海待了两个多月的郭永怀，带着在实验中发现的重要数据文件紧急返京！

一夜航行，飞机终于到了终点，没想到，在距离地面 400 多米时，飞机猛然向下坠去，一头扎进附近的玉米地里，现场惨不忍睹。

很快，搜救的士兵发现了非常震惊的一幕：有两具烧焦的尸体紧紧抱在一起，在两具尸体的胸部中间，有一个皮质公文包！虽然公文包有些烧焦，但在两人紧紧相拥下依然完整。打开皮包，人们才发现：这是一份有关热核导弹试验数据的绝密文件。看到眼前的一切，现场很多人跪地痛哭，被烧焦仍紧紧抱在一起保护文件的两人，就是郭永怀和他的警卫员牟方东。

在飞机失事后的第 20 天，中国第一颗热核导弹爆炸试验成功，氢弹的武器化得以实现。但这一刻，郭永怀永远无法再看到了。

1999 年，郭永怀以烈士身份被追授为“两弹一星”功勋奖章的科学家。他更是“两弹一星”元勋中唯一一个在原子弹、导弹和卫星三个领域均有重要贡献的科学家。2018 年 7 月，国际小行星中心正式将编号为 212796 号小行星命名为“郭永怀星”。郭永怀先生，作为照耀和激励我们的星辰，继续熠熠发光。

跨越世纪的温暖彩蛋

祖籍湖北大冶的左宏元，1930 年出生于安徽芜湖，他的父母是靠卖馄饨面为生的小生意人。在那个战乱的年代，人心惶惶，根本没有读书的环境。

有一天，村里来了个以儿童为主的戏班子，里面的小孩会唱京剧、还会翻筋斗，一下子就吸引了左宏元，他没事就溜到戏班子跟小朋友学唱戏，甚至还上台演唱过。

长大后的左宏元，因为没人管他，就到处跑、浪迹天涯，饿了就随便在地上捡点能吃的，晚上常常睡到人家猪圈里。左宏元就像一块海绵，每到一个新地方，便会汲取当地音乐中的养分。

1949 年，19 岁的左宏元，在兵荒马乱中随着人群挤上了一条开往台湾的大船，开启了左宏元另外一段人生。

到了台湾后，孤身一人的左宏元处境非常艰难。在一个偶然机会下，他认识了宜兰小学音乐老师张月娥。张老师把他当弟弟，教给他一些台湾本土风格音乐，并教他弹奏乐器。之后，他又去了花莲，与当地的高山族的阿美族人打成一片。

在花莲的阿美族生活两年之后，1954年，左宏元考取政战学校音乐系，开始系统学习音乐课程。他每天半夜爬起来，躲到音乐教室刻苦练习，背诵乐谱，寻找作曲脉络。毕业后，左宏元留校任教当了十年教师。在他成为流行音乐大师之前，他就已经凭借自己创作的一百余首儿歌声名大噪。

时间迈入20世纪90年代初，在台湾电视公司的主导下，古装神话剧《新白娘子传奇》投拍，出身电影界的台视节目部经理熊廷武，提出了制作《金玉良缘红楼梦》式的黄梅调电视剧的创作思路，力邀当时担任华星唱片制作人的左宏元为剧集谱曲。

1992年，《新白娘子传奇》开播后，一举拿下中国收视率冠军。左宏元为《新白娘子传奇》创作的12首歌曲更是火遍大江南北。这些歌曲糅合了左宏元自创的“新黄梅调”、口语化的京剧唱腔和佛乐元素，配合故事情节的发展，极好地渲染了人物的内心情感。

26年后，左宏元才在一档节目上，解开当年藏在《新白》主题曲《千年等一回》中的秘密。原来，在台湾的几十年，左宏元无时无刻不思念大陆亲人。左宏元认为《白蛇传》就是中国的音乐文学、戏剧文学的代表作，而China（中国）更是他心中一直牵挂且放不下的祖国与故乡！彼时台湾正值敏感时期，所以，他冒着风险把China（中国）唱到了歌里——《千年等一回》中的间奏是China（中国），当初害怕歌词会被禁才一直没有写出来，也由此埋下了跨越世纪的温暖彩蛋。

左宏元经历过战争的流离失所，也经历过时代的更迭变迁，从民国时期到新中国成立，从大陆飘零到台湾，到思乡情切又回到大陆，他丰富的人生阅历，造就了他充盈的精神世界。他为海峡两岸同胞留下了太多太丰厚的精神财富，而更为可贵的是，这份丰厚的财富是属于海峡两岸所有中国人的、镌刻于内心深处最美好的共同记忆！

请到寺中生孩子

2008年，汶川特大地震发生后，四川省什邡市妇幼保健院受损严重，成了危房，医院马上组织滞留的18名产妇和20多名孕妇转移到对面的小学，暂时把产妇们安置在操场上。

当时天空正下着雨，医护人员们全在竭力保护孕产妇和新生儿。这时，一名孕妇又出现阵痛，临产迹象明显。院长心急如焚，想为孕妇们找到生产之地，可遍地废墟，尚未倒塌的房子也成了危房。正无计可施，不远处木质结构又是平房的罗汉寺映入眼帘。院长焦急的心顿时一喜，可这欢喜没持续多久，内心又一阵担忧，罗汉寺是千年古刹，颇有禁忌，只怕……

走投无路之下，院长向未倒塌的罗汉寺方丈素全法师求助，希望能将孕妇和产妇暂时安置寺中。

素全法师犹豫片刻，长叹一声，下定决心似的命人打开寺门。但院内40名僧人和30名居士中，有绝大多数人反对，孕妇入寺，犯了大忌。更有甚者，一些年长居士厉声质问素全法师心中可有戒律，佛门乃清净之地，要避讳女子，更何况是待产孕妇。素全法师只说了一句："出家人最大的忌讳是见死不救，其他的都不是忌讳。"他再次命人打开寺门，并召集僧人立下 3 个临时寺规：必须无条件接收所有受灾群众；无条件提供一切能派上用场的物品；无条件给受灾群众提供吃住。

那一晚，大雨滂沱。寺内，西侧空地，油布、竹竿、篷布加上旧门框、旧窗棂，一个个遮雨避风的帐篷，在雨中支起。随后，产妇家属开始炖鸡煮肉。寺内，飘起肉香。闻到肉味，出家十多年的宗祥，蹲在地上干呕，出家更久的僧人更是呕吐不已。有僧人跑来让素全法师去管。素全很为难，他知道产妇体虚，需要进补，想了想，写下几张布告：寺内只允许给孕妇和产妇炖鸡吃肉，一般灾民不得在寺内杀生、赌博和乱搭电线，一旦发现赶出寺庙。布告贴满了寺院的各处庙门。再有不满的僧人，也无法执拗了。

纷乱中，产妇的一顶帐篷被风吹散。素全让僧人四处找寻塑料布，抢修帐篷，又让人搬出僧床，供孕产妇们睡觉。没多久，那名阵痛的孕妇羊水已破，分娩在即。医生们在临时搭建的帐篷里诊断，发现胎儿头盆不称，必须在庙里找地方剖腹生产。医生郑同英有些担心被拒绝，"这儿是禁地，能让住就不错了，如果再做手术，血淋淋的，更是犯了忌讳。"

院长找到素全法师，说话吞吞吐吐，"师父啊，有个孕妇快要生了，需要一个隐蔽的场所，还要一张床和热水。"怕素全法师不答应，院长又刻意强调，"情况真的很紧急！"

"行啊。"素全爽快应允。

没有产床，素全想起寺里的禅凳。僧人们跑着搬来了两张禅床、两张禅桌，并腾出素斋房作为产房，一个简陋却适用的产房就这样搭好了。地震后停电，没有足够的光线做手术，僧人找来手电筒打着手电，医生们顺利地完成了剖腹产手术。就这样，当年 5 月 13 日早晨 7 点 36 分，第一个“罗汉娃”诞生了，素全法师双手合十，笑了，为她取名唐震雯。

听到孩子第一声啼哭后，大家的眼眶都不禁湿润了。唐震雯出生在废墟旁，带给了大家生命的希望，也让人深深感受到任何灾难都打不倒中华民族。

此后，孕妇临盆，都被抬至庙内房屋，生完，再和婴儿一同回帐篷休养。寺院还安排了两个清洁工专门打扫产区的卫生，帐篷里出生了那么多宝宝，孕产妇和宝宝没有一例感染。

素全怕产妇和刚出生的婴儿淋雨，看中了“报本堂”里给马祖像遮雨的棚子。他亲自动手将棚子搬到院中，给产妇搭起避雨棚。

有居士跑来拦住素全：“你这样不对，连菩萨都不管了！”

“救人一命胜造七级浮屠，菩萨不会怪罪的！”素全扔下一句话，手里停也不停。

后来在食物短缺时，素全亲自看守饭堂，让受灾群众和产妇吃饱，而自己和僧众却一直挨饿。

从2008年的5月13日到8月7日妇幼保健院搬离了罗汉寺，108个新生命在罗汉寺诞生，象征着圆满。他们被叫做“罗汉娃”。

事后，“罗汉娃”的亲人们都从自己孩子的衣服上剪下了一块，拼在一起为素全法师制作了一件袈裟，感谢他的大爱无边。逢年过节，家长们都会带着“罗汉娃”回到罗汉寺，看望素全法师和一众僧人。每年，什邡市妇幼保健院的医护人员也会回到罗汉寺，为他们带去米和油，并为他们体检。

素全法师为救孕妇破清规，是对生命的珍惜，也是对“佛法无边”最完美的诠释。

只为忠诚

豫让，姬姓，毕氏，春秋战国时期鲁国人。最初是范氏家臣，后又给中行氏做家臣，都是默默无闻。直到他做了智伯的家臣以后，才受到重用，而且主臣之间关系很密切，智伯对他很尊重。正在豫让境遇好转的时候，智伯向赵襄子发动进攻，赵襄子和韩、魏合谋打败智伯。消灭智伯以后，三家分割了智伯在晋国里的领地。赵襄子最恨智伯，就把他的头盖骨漆成饮具。

豫让逃到山里，念及智伯的好处，怨恨赵襄子把智伯的头颅做成漆器，盛了酒浆，发誓要为智伯报仇。

于是，豫让更名改姓，伪装成受过刑的人，进入赵襄子宫中修整厕所。他怀揣匕首，伺机行刺赵襄子。赵襄子去厕所时，心一悸动，询问修整厕所的人，才知道是豫让，衣服里面还藏着利刀。赵襄子令人逮捕了豫让。豫让被审问时，直言不讳地说："要为智伯报仇！"侍卫要杀掉他，被赵襄子阻止了："他是义士，我谨慎小心地回避就是了。况且智伯死后没有继承人，而他的家臣想替他报仇，忠心天地可鉴。"最后还是把豫让放走了。

过了不久，豫让为便于行事，顺利实现报仇意图，不惜把漆涂在身上，使皮肤烂得像癞疮，吞下炭火使自己的声音变得嘶哑，他乔装打扮使自己的相貌不可辨认，沿街讨饭，就连他的妻子也不认识他了。路上遇见他的朋友，辨认出来，说：“你不是豫让吗？”豫让说：“是我。”朋友流着眼泪说：“凭着您的才能，委身侍奉赵襄子，襄子一定会亲近宠爱您。届时您再干您所想干的事，难道不是很容易吗！”豫让说：“托身侍奉人家以后，又要杀掉他，这是怀着异心侍奉君主啊。我知道选择这样的做法是非常困难的，可是我之所以选择这样的做法，就是要使天下后世的那些怀着异心侍奉国君的臣子感到惭愧。”为人要永葆忠诚，豫让认为那样做有悖君臣大义。

慢慢的，豫让摸准赵襄子出行的时间和路线。在赵襄子要外出的一天，提前埋伏于一座桥下。赵襄子过桥的时候，马突然受惊，猜到是有人行刺，很可能又是豫让。手下人去打探，果然不差。赵襄子责问豫让：“您不是曾经侍奉过范氏、中行氏吗？智伯把他们都消灭了，而您不替他们报仇，反而托身为智伯的家臣。智伯已经死了，您为什么单单如此急切地为他报仇呢？”豫让说：“我侍奉范氏、中行氏，他们都把我当作一般人看待，所以我像一般人那样报答他们。而智伯，他把我当作国士看待，所以我就像国士那样报答他，否则，黄泉之下我无颜见智伯。”赵襄子很受感动，但又觉得不能再把豫让放掉，就下令让兵士把他围住。

豫让知道复仇无望，无法完成刺杀赵襄子的誓愿了，就请求赵襄子把衣服脱下一件，让他象征性地刺杀。赵襄子满足了他这个要求，派人拿着自己的衣裳给豫让，豫让拔出宝剑多次跳起来击刺它，仰天大呼曰：“我可以没有遗憾去见智伯了！”说完伏剑自杀。

豫让的事迹传开，赵国的仁人志士无不为他的精神所感动，为他的死而悲泣。

古代侠士对人生价值的衡量完全以精神为标准，一生也甘为一些理念、原则而执着追求甚至献身牺牲。我们从他们身上，明白做人的真理、人生价值的真正所在，不断陶冶、锤炼自己，使自己的精神有横贯日月的浩然正气，使自己的人生价值有高于物欲和世俗的升华和辉煌。

卖狗嫁女穷当官

东晋末年，吴隐之出身于寒门士族。当时的官场贿赂公行、贪腐遍地，作为晋陵太守的他却为官清廉、保持操守。

吴隐之生活十分清苦，全家人住在一个狭小的院落里。遇到家里来客，妻女连避客处都没有。虽经几次升迁，但他依旧每月俸禄只留下少量口粮，其余都赈济亲族，因此家境更为窘困。

当时的广州郡，依山滨海，物产丰富，出产奇珍异宝，如果能贮积一箱珍宝，可供数世的生活之需。但因地处僻远，瘴疫流行，鲜少有人愿意去那里做官，只有那些家中贫困无依无傍的求官者才肯去，去了也是贪财纳贿。为了革除岭南官吏贪贿的积弊，朝廷选中了以清廉闻名的吴隐之前去做广州刺史。

吴隐之领命而行，千里逶迤，一路艰辛，行至广州石门。这里有处泉水，人称“贪泉”。据说，凡是喝过贪泉的人，都会丧失廉洁的美德，变得贪婪无比。因此，路过这里的官吏，为了标榜清白，宁肯忍着口渴，也不沾一下贪泉。吴隐之特意来到贪泉，掬水而饮，并赋诗一首，以明己志："古人云此水，一歃怀千金。试使夷齐饮，终当不易心。"

新来的刺史大饮贪泉的消息不胫而走，人们议论纷纷，认定新刺史肯定又是一个大贪官。

谁知吴隐之到任后，越发注意自己的清廉操行。一开始，有人说吴隐之故意作秀，他也不辩解。他把府内前任刺史留下的豪华之物一概撤除，堆放到仓库里。平时吃饭，不沾酒肉，仅以蔬菜和鱼干佐餐。

不久，传出刺史要嫁女的消息。百姓闻言心想，这假正经的刺史终于要露出狐狸尾巴了。有好事者甚至为此打赌，刺史铁定会借机大肆敛财。于是，有几个人偷偷在吴隐之家门前徘徊，想看看刺史嫁女有多风光热闹。到了吴家，却发现他家大门紧闭，家里鸦雀无声，冷冷清清，毫无办喜事的气氛。不一会儿，这几个人看到那位每天从吴隐之家出来砍柴的中年农妇，衣着简朴背着筐子从角门出去了。正当他们悄悄议论这位妇女时，又看到他家出来一个丫环，丫环牵了一条狗。其中两人尾随在丫环后面，来到大街上，才知道丫环是出来卖狗的。他们假装买狗上前问询，这才明白吴隐之家里穷到没有任何可以陪嫁的东西，只能把狗卖了打发女儿出嫁；而被当成吴隐之家女仆的打柴女人，竟然是吴隐之的夫人刘氏！

这件事情一传十，十传百，百姓们深受触动，纷纷为之前对吴隐之的误解而感到羞愧。

吴隐之身为高官，以身作则，恪守情操，廉洁俭朴，不图身外物。一向以贪污渎职而闻名的岭南官场，经过他惩贪官、禁贿赂，一时间居然大有好转，岭南民风也日趋淳朴。

他为什么隐姓埋名 30 年

1926 年，于敏出生于河北一户普通人家。靠着父母微薄的收入，一家人勉强过活。在那民不聊生的战乱年代，日本侵略者的暴行给他留下了惨痛记忆。他发奋学习，希望有朝一日，能像岳飞一样荡寇平虏，重振山河！

18 岁的于敏不负众望，以优异的成绩考上了北京大学。在北大，于敏如饥似渴地学习。夏天，他拿着课本跑到山顶上乘风学习。冬天，同学们在宿舍里打牌、聊天，他披件旧大衣在旁边安静地看书。

1945 年 8 月 6 日，“死神”一箭射中了广岛心脏，全世界第一次见识了能在极短时间内摧毁一座城市的大规模杀伤性武器的威力。于敏一面被核武器震惊，一面感受着自己的祖国积贫积弱！第二年，他从工学院转到理学院物理系，决定走科学救国的道路。

三年后，于敏以物理系第一名的成绩考取了北大理学院院长张宗燧的研究生。张宗燧对学生要求极高，在其他同学望而生畏之时，于敏却专找极难的课题挑战。他超强的记忆力、超群的理解力和领悟力让整个理学院为之惊叹。

毕业后，在北大当助教不足一年的于敏，被神秘地带入了新中国的第一个核科学技术研究基地——近代物理研究所。短短数年间，于敏不仅掌握了国际核物理的精髓，还写出多篇让我国原子核研究上升到全新高度的重量级论文。

于敏在国内原子核理论研究领域耕耘了十载春秋，眼看就要有所建树的关键时刻，组织却让他转行参加氢弹理论的预先研究。为了国家的最高利益，35 岁的于敏毅然决然地从研究原子核转向研究氢弹原理！从接受这份任务开始，于敏的名字和他所从事的事业一起成为国家最高机密。从此，他像是销声匿迹了一般，再也没有公开发表过论文！

中国完全从一张白纸开始研制氢弹。时间紧迫，氢弹研究还没有关键性突破。于敏和团队科研人员几乎时刻沉浸在堆积如山的数据计算中。直到四年后，氢弹研制方案才有了一些眉目。为了验证方案是否行得通，于敏带领几十名科研人员赶赴上海“百日会战”。

上海有中国唯一运算 5 万次的计算机。然而，计算机 95% 的时间要先保证原子弹设计的运算。于敏带着团队把算盘、计算尺这些原始工具都用上，只利用这 5% 的运算时间。他把自己埋在数以万计的演算纸里，以超乎寻常的物理直觉从大量密密麻麻、杂乱无章的数据中，逐渐理出头绪找到关键，终于形成了一套从氢弹原理到构形的基本完整方案！

仅用五年不到的时间，于敏硬靠独立自主，突破了核大国对氢弹理论技术的封锁，用轰动世界的“于敏方案”，为中国研制氢弹打开了一扇大门。但氢弹原理还需经过核试验的检验。核试验场远在大西北，生活条件相当艰苦。当时法国也在抓紧研制氢弹，于敏心里一直憋着一股劲：如果中国能赶在法国前面突破氢弹，不仅长中国人的志气，更能让中国在世界上挺直腰杆！

1967 年 6 月 17 日，我国第一颗氢弹空投爆炸试验成功。中国抢在法国前面成为世界上第四个拥有氢弹的国家！让世界震惊的是，“于敏方案”设计的氢弹，更适合实战。中国氢弹诞生之初，就已经接近甚至完成了小型化的应用。从第一颗原子弹到氢弹，中国仅仅用了两年零八个月。

两年后，于敏带领团队深藏四川绵阳的深山，开启核武器研究的新征程。由于操劳过度和实验中放射性物质的侵害，于敏的身体越来越虚弱，几次在工作现场休克。

在二代核武器研制中，于敏不仅一次次突破关键技术，更敏锐地意识到中国必须加速核试验！1996 年 9 月 10 日联合国大会通过《全面禁止核试验条约》。于敏的战略眼光为我国争取了 10 年宝贵的核试验时间，更让中国赶在世界全面禁止核试验之前达到实验室模拟水平。

回顾自己一个甲子的科研历程，于敏淡然地说，一切都是为了国家需要。

从意气风发到白发苍苍，30 年隐姓埋名为国铸核盾，他兑现了对祖国的诺言：一辈子为国家为人民保驾护航！

“裸奔”回国的教授

1967年，施一公生于河南郑州。父母亲都是20世纪50年代的大学生，给他取了一个富有时代特色的名字：一心为公。

打小，施一公就不让父母操心，开启了开挂模式，从小学到高中，成绩都是第一名。高二时，因为取得河南省数学竞赛的第一名，并获得全国数学竞赛和物理竞赛的一等奖和二等奖，施一公成为北大、清华、南开等高校都想要保送录取的对象。最后，施一公被清华大学录取，成为清华大学生物系复系后的首届本科生。即使是在众星荟萃的清华园，他仍然年年都名列年级第一。施一公不仅成绩好，还是运动健将。他在清华大学校运动会上多次创下竞走纪录，一直到他从清华毕业五年后，纪录才被人打破。

1989年，施一公以本专业第一名的成绩提前一年毕业，获得生物学学士学位，同时也修完了数学系双学位课程。一年后，他获全额奖学金在全美一流的约翰·霍普金斯大学医学院攻读生物物理学及化学博士学位。年仅30岁的他，还未完成博士后研究课题，就被美国常春藤八大名校之一的普林斯顿大学聘为助理教授。六年后，他成为了普林斯顿大学分子生物学系史上最年轻的正教授，成了世界各个顶级大学争相竞聘的对象。同年，他还被国际蛋白质学会授予“鄂文西格青年科学家奖”，成为了第一位获得该奖项的华裔学者。

在美国，施一公有着广阔的事业发展前景和优越的生活条件。为了他这个难得的人才，普林斯顿给他提供了无比优厚的条件：他的实验室面积是学校分子生物学系 40 多位正教授中最大的；他的科研基金是系里最高的；他的 500 平方米的独栋别墅是学校买的。2007 年，他又被授予普林斯顿大学最高级别的教授职位，终身讲席教授。尽管如此，他去英国使馆签证时，那些签证官对他爱答不理，填表填了一次还不行，打回来让他再去一次。施一公感受到对方对自己的不尊重。那时他体会到，如果自己的祖国穷，就会被人看不起。

2008 年，意气风发的他，在众人喝彩声中突然掉头，选择“裸奔”回国，为清华大学全职工作。他要改变母校，改变清华大学的学生。这个消息震惊了全世界，掀起轩然大波。普林斯顿大学教授罗伯特·奥斯汀惊呼：“他是我们的明星，我觉得他完全疯了。”普林斯顿大学校长更是极力挽留他，可他却坚定地说：“科学无国界，但是科学家却是有祖国的。”

施一公认为自己一直都非常幸运，从小学就接受了很体面的教育，中学、大学更是如此。父亲教他学会要有胸怀和回报之心，因此，他希望用自己的力量回报家乡的父老乡亲，让周围的世界能够变得更加美好。他不止一次地在公开场合提到过自己回国的根本目的是为了育人，培养一批有理想、敢担当的年轻人，在他们可塑性还较高的时候去影响他们。他手把手地亲自教学生做实验，给本科生上课，每年上将近 100 个课时。他还鼓励学生有理有据地跟他唱“反调”，怂恿学生挑战他，尽力启发学生的思维。

作为学术界的领军人物，施一公的回国影响了一批批海外学者回到祖国效力。短短 5 年，他就先后把全球 70 多名优秀人才引回了清华大学全职工作。美国最具影响力的《纽约时报》惊呼："也许因为施一公，中国对美国的智力流失开始反转了！"

施一公希望建一所可以聚拢一大批世界顶尖科学家的大学，从事最尖端的科学研究，做出最有意义的科学成果，培养最优秀的青年学生，用自己的才智尽情地探索科学知识前沿，推动人类进步，造福全世界。于是，他开始筹建西湖大学，寻找资金成了他办学的第一要务。

筹款的过程非常尴尬，因为从来没有跟人要过钱，面对企业家，他扭扭捏捏就是说不出口。那段时间，施一公脑子里全是钱，甚至想学有些网红拍个照片放网上，一下载然后可以挣钱。为了他的育人理念，他艰难地找到了近百位捐赠人，最终西湖大学筹建成功。

西湖大学有一批在亚洲在世界上最优秀的科学家。施一公相信，五年后，西湖大学可以做出一些在很多其他大学难以实现的、重大的科学研究的突破，将为世界科学作出更大贡献。

施一公让人们看到了中国教育的曙光。为天地立心，为生民立命，为往圣继绝学，为万世开太平，也许说的就是施一公这样的人。

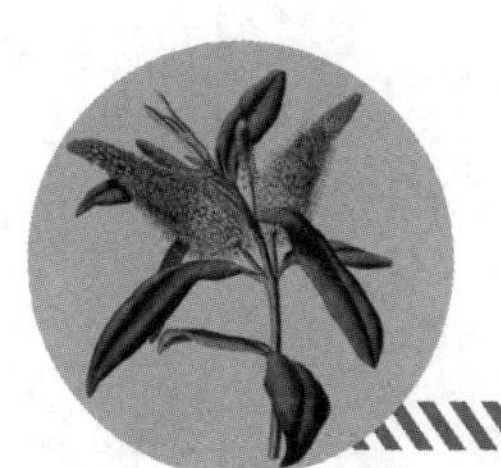

第二辑　石间花开

北大状元郎的农民之路

他是广东韶关市高考状元，拥有中国人民大学硕士学位、北京大学经济学双学位，却做了一个让所有人都大跌眼镜的选择，如今只能到处卖菜求生，他究竟选择了什么呢?

他，就是邹子龙。1988 年出生的邹子龙从小成绩优异，2007 年，他成为广东韶关市高考状元，可他却选择了中国人民大学农业经济管理专业。这可把他父母急坏了，亲戚朋友们也都想不通。同班的同学认为种菜没前途，纷纷跑去听其他专业的课，或者进金融、商业公司实习。只有他，每天在学院农园里走来走去，不停地研究。

大四那年，他在北大获得经济学双学位，拿到一等奖学金，并被保送人大研究生。毕业时，班上同学都选择进国企和金融单位上班，他也同样得到许多大企业赏识。可他却放弃高薪工作，做农业生产!

他游说了两个同伴，一个是刚被电视台录用的陈羿好，一个是他大学的好兄弟冯永久。抱着改变中国农村现状的梦想，一起跑到珠海破山头准备开荒种地，创办有机农业园。从此，这个长相帅气的年轻人，每天都穿着破旧的运动鞋，在菜地里认真地伺候瓜菜，完全不顾皮肤被晒得黝黑。几个月下来没挣到一分钱，土地主人还突然把租金提高好多倍。他只好开着一辆小破面包车，带着所有家当搬家，家当里最值钱的就是两头猪。

他再次重新选定一个山头，又埋头苦干了两年多，他让这个荒芜的山头通电通水，还解决了灌溉问题。就在一切要走上正轨之时，2012 年的台风“韦森特”，让他的农场变成一片废墟，他辛苦种植的果蔬全部被毁，1000 多只鸡全部被压死，手上也只剩下几千块钱。当时陈羿好已成了他的妻子，怀孕在身不能工作，而好兄弟也早就另谋出路，只有他一个人还在咬牙坚持着。没多久，这个山头土地又遭遇合同纠纷，他只好再次辗转，搬到了一块 300 亩左右，有稳定产权的种植基地。

这块土地来之不易，但逢年必浸，于是邹子龙就动用智慧，按照古代护城河的原理，修筑防洪大堤，做了强排系统。为了节省支出，他还在农场挖了不少池塘，只要下一场雨，雨水积蓄在池塘里。他还在池塘里撒鱼苗，被捕上来的鱼个个都鲜活肥美。他还设计了独立的灌溉系统，用手机随时控制浇水。

邹子龙杜绝一切农药和使用激素的方式，拒绝使用所有化学肥料，他说：要种植，肯定得先养殖，有了养殖的废料，才能有种植的肥料。因此他的农场里，遍地都是小动物，牛儿在这个生机勃勃的农场里过得惬意自在，时不时还有白鹭立在牛背上。养的几十头猪，吃的是蔬菜的下脚料，住的是 90 多平方米的豪宅。而动物们的粪便，最后都会进入他建造的沼气池中，成了农作物最天然的肥料，物尽其用。在他的努力下，这些用天然肥料滋养的蔬菜，长势喜人，碧绿生青。

为了保证蔬菜的新鲜程度，邹子龙又搭起一套完整的冷链基础，蔬菜凌晨从地里采摘回来，马上进这个篮子，用真空预冷机进行预冷，让它们的养分停止损失。之后再用冷藏车，挨家挨户送到消费者家里，消费者拿到蔬菜时，蔬菜就像刚从地里摘出来一样。为了让消费者放心，工作间装的都是玻璃窗，随时欢迎消费者的监督。为了让种菜的人与吃菜的人，能够面对面交流如何健康饮食，他还定期组织互动体验项目。

赚来的钱，转眼就被邹子龙再投入到基础设施的建设。他坚持不让农场商品化模式化，他希望有机农业可以多元发展。日复一日，年复一年，越来越多人加入到他的队伍里。他希望探寻出一条真正适合中国的有机农业发展的新模式，也想让越来越多有学识的青年，投身于中国的现代农业，向农民们普及科学知识，让更多家庭吃上放心菜。

邹子龙从小在城市里长大的，每当周末时去乡下外婆家，放心地吃外婆辛苦种的蔬菜，是他童年最美好的回忆。而他之所以选择做农业，更是因为，他想把这份放心和美好，能带给更多的人。

人的一生，究竟是燃烧，还是腐朽，全在自己的选择。选择是一次次自我重塑的过程，让我们不断地成长和完善。邹子龙这种胸怀社稷有为青年，学以致用，选择走到农村，无疑给中国的农村带来了新生，无疑能造福利益每一个中国人！

在世界屋脊上走了 30 年

喜马拉雅山脉南麓海拔 4000 多米的乃堆拉山口，矗立着一座国际邮政厅，中国和印度两国往来的国际邮件都在这里交换，再运往目的地。

藏语里，“乃堆拉”的意思是“风雪最大的地方”。这里夏季暴雨肆虐，冬季大雪纷飞，每年大雪封山达 7 个月之久。就在这气候恶劣、交通也极为不便的地方，有一位常年奔波的行者。他就是现年 52 岁的西藏自治区亚东县邮政分公司藏族国际邮件交换员亚林。

年轻时候的亚林是乃堆拉养路段的一名修路工人。那个时候邮递员每上一次山要花两天时间，而他们歇息的地方正好在亚林所在道班的附近。看到邮递员们不辞辛苦地爬上山来给边防官兵送报送信，亚林深受感动，也经常帮他们喂马、生火，做一些力所能及的事情。

慢慢地，亚林越来越明白自己对这份邮政工作的热爱，以及它的意义所在。1989 年，亚林主动向邮局提出，要沿着乃堆拉线上邮政前辈的足迹继续走下去。

一个邮袋、两匹马，脚下是崎岖的山路，脸上是刺骨的寒风，有时候还会赶上齐腰的大雪——参加工作的前十几年间，这些就是陪伴在亚林的风雪邮路上的全部。

每周四、周日上午 11 点是中印双方固定的邮件交换时间。山路难行，亚林为了能够顺利赶去交换邮件，他每次都要提前一天出发。白日里走 20 多公里的山路，到了晚上就歇在半山腰，第二天早上天还没亮又继续前行。

赶上雪大的时候，深厚的积雪使得山路难辨，马匹无法行走，他只能把马拴好，背上邮袋手脚并用地爬上山。由于看不清路，有时稍有不慎，就容易掉到山崖下面去。

在一次爬山的途中，一个巨大的冰块横亘在了亚林前进的路上。即使万分小心，他还是不慎扭到了脚，身体失去平衡，滑向三四米深的崖底。紧张之中，他本能地用手抓向山石，以减缓跌落的速度。等到了谷底，才发现手上、胳膊上被尖锐的山石和冰块划的全是血痕，甚至有几个手指甲都差点被刮掉。

亚林知道国际邮件交换不能耽误。他顾不上休息，忍着疼痛继续艰难地往山上爬，最终按时到达了国际邮件交换站。

后来，随着邮件的不断增多和社会物质条件的提高，邮递员的交通工具从马匹换成了两轮摩托车、三轮摩托车，再到现在的小卡车。但始终不变的是亚林奔波往来的身影。

除了承担国际邮件交换的工作，亚林还要兼顾沿途广大官兵群众的邮件发放工作。

以前电话和手机没有兴起的时候，山上的人们通讯几乎只能靠信件。那时候大家收到信就会特别高兴。每当亚林到哨所派发信件时，官兵们都会兴高采烈地围过来，一旦收到了信，就会迫不及待地打开来看，开心得合不拢嘴。

由于当地边防战士常年驻守在山顶，很少有机会下山，亚林便义务承担起了为他们代购日常生活用品的工作。牙膏、牙刷、香烟……每次他都会把战士们需要的物品列成一张清单，等到下次上山的时候带上来。不仅如此，亚林还经常把自己家种的蔬菜、水果等带给战士们品尝。

而每次上山，战士们也一定要拉亚林吃顿饭，让他吃饱了再去送件。多年相处下来，亚林和战士们就像是家人一般亲切。

山上的战士换了一批又一批，而亚林却一干就是近 30 年。雪地里常年的行走让亚林的眼睛出现了一些症状，关节炎、风湿等毛病也会时不时赶来“叨扰”。但这些却从未影响他每周两次准时的国际邮件交换和每天 600 多个邮政包裹的派送工作。

“既然选择了邮政这份工作，就要做到最好”亚林说，“我也不知道自己还能干多久，但是只要组织让，只要这山上的官兵和群众还需要我，那我就会一直干下去，直到干不动为止。”

摩天大楼是一砖一瓦从平地砌造的，浩瀚的大海是小流小溪汇聚而成的。把每一件简单的事做好就是不简单，把每一件平凡的事做好就是不平凡。认真对待工作，持之以恒日积月累，才能成就自己。

最穷又最富的外教

1969 年，丁大卫出生于美国克里夫兰市。母亲是一名中学教师，父亲是一名行政管理人员。

大学时大卫选修了一门外语——中文。一学，他就迷上了中文。大三时他到北京大学进修中国古典文学。回国后他拿到了硕士学位。

大卫想做一名教师，想去一个特别需要老师的地方教书。他看到一篇新闻报道，说全球基础教育排名，中国排在倒数第二。大卫的眼睛一下亮了，他要去中国教书。

1994 年，在朋友的引荐下，大卫来到了广东珠海。他应聘的学校是恩溢国际小学，校长给他开工资——每月 3000 块。大卫跑去问其他老师工资多少，得知他们每月只拿一千多一点。大卫立马去找校长，要求跟其他老师一样的待遇。校长简直不敢相信自己的耳朵。大卫又去宿舍转了一圈，发现有空调和洗衣机，而其他老师的宿舍都没有。于是，他又跑去找校长，要求住跟其他老师一样的宿舍。校长急了，称外教待遇应该好一些，大卫也急了，非要跟大家一样。两人越说越激动，差点打了起来。最后，校长妥协了。

在恩溢教了几年英语后，由于表现出色，大卫当上了校长。当了校长后，他录取了 6 名英语教师。大卫发现这 6 个人，竟然 5 个都来自西北。当晚，大卫就失眠了，西北地区的教育落后，很多好老师又出来找工作了，那西北的教育不是更差了吗？第二天大卫决定辞职去西北。大卫开始向西北广投简历，简历投出没多久，大卫就收到了十几份邀请函，最后他选择了西北民族学院。朋友问他为什么选这个条件不好的学校，大卫的理由无比简单，因为这里的大部分学生毕业后，要回民族地区当老师。就这样大卫从珠海来到了兰州。

到了西北民族学院，学校给他开的工资是每月 1200 元。大卫又去问其他教师工资多少。问了之后他跑去找领导，要求领导每月给他 900 元就行。领导不同意，称外教就是这么多工资。最后，经不起大卫的软磨硬泡，校领导妥协了——每月 950 元。在西北民族学院，大卫的教学有口皆碑。他重视学生的口语，逐字逐句修改学生交的每篇作业，还在学校办起了英语角，学生们从不缺席他的课。

有一天，大卫看到了一则新闻，说东乡族是全国成人文盲率最高的民族。看到新闻大卫的眼睛又亮了，他要辞职到这个地方去。

2002 年，大卫来到了东乡。东乡平均海拔 2610 米，交通闭塞，工作和生活条件极为艰苦。来到东乡后，大卫每月工资 500 元，过了几年后才涨到 700 元。大卫的宿舍只有一张破床和一张旧桌子，床不但小而且短。身高一米九三的大卫睡觉时要么蜷着，要么把脚伸到床外。大卫平时吃的非常简单，成本两块多钱。东乡冬天特别冷，但大卫始终穿着单薄的衣服和一双可以看到脚趾的破鞋，双脚早已冻得乌红。省下的钱，大卫用来给学生买营养品，给学生买一些书籍或文具，给学校添置一些体育用品。

学生越来越多，学校不够用，政府拿不出那么多钱建学校，大卫只好四处去“化缘”。在他的努力下，“尹家小学”等几所学校终于诞生了。此事经媒体报道，大卫的事迹越传越广，很多网友也寄来了善款。在东乡助教的 16 年，大卫为无校村筹建了 11 所学校以及若干图书室和运动场。所有收入和支出的账，大卫都会主动做成一式三份，教育局一份，学校一份，自己留一份。所有捐款，大卫都会写信告诉捐助人是如何支出的。

《实话实说》上有一个片段，栏目采访大卫教过的学生，那一个个学生和家长纷纷争抢镜头，大喊“大卫，我们好想你啊！你快回来给我们上课吧！”大卫不敢看大屏幕，低下头红了眼睛。

大卫来中国已经 24 年了，他很穷，没有存款和房子，但他很富有，得到了人世间最珍贵的东西。大卫觉得每个人的生活必须有意义，如果每个人都向往富裕的生活而没有人愿意付出，那么世界上绝大部分人都不能过上优越的生活。等东乡的教育基础教育有了起色，他会离开到最需要的地方去，他的一生都将献给中国的教育事业。

佘诗曼如何逆袭

电视剧《延禧攻略》火了，剧中的佘诗曼凭着绵里藏针、柔中带刺的细腻演绎，征服了一众观众。

佘诗曼的演艺之路也像一部宫斗剧，从一个零演技的港姐，一步一步稳扎稳打，走到如今的一姐地位，背后为之付出的努力与艰辛更是鲜为人知。

佘诗曼本来有一个幸福的家庭，但在她 5 岁的时候，父亲突发意外离世，整个家顿时土崩瓦解。此时怀着孕的母亲，只能一个人扛起家庭的重担。坚强的母亲为了不影响孩子成长，从不曾在佘诗曼面前落泪，努力维持生活原样。细心的佘诗曼却在背后听见母亲哭泣，她知道母亲心里悲戚，怕她孤单，为了给母亲安慰和力量，她便每晚陪着母亲入眠，一直到自己 18 岁去瑞士读书。也正是母亲和国外读书的经历，让坚强独立的性格渗入她的骨血之中，成为她勇于面对人生际遇的必备元素。

1997 年，佘诗曼学成归来，正逢香港在举办香港小姐选美报名。本无意参加的她，在母亲的推荐下参加了此次选美。内敛害羞的她本来非常自卑，觉得自己不会化妆，不够出色，从没想过要当明星，也没想过能拿奖。她抱着试试看的心态，却一路过关斩将，凭借姣好的面容，优雅的谈吐和机智的反应，拿到了此次选美大赛的季军好成绩。摘得香港小姐季军之后，香港无线电视台便一眼相中了秀外慧中的佘诗曼，给了她一个踏入影视圈的机会。此时的佘诗曼就像一个刚进宫的秀女，人生的画卷刚刚铺开。

1999 年，TVB 的开年大戏《雪山飞狐》成为佘诗曼正式上档的第一部剧集。而能够成为其中的女一号，并顺利完成任务，对于刚刚出道且没有任何表演功底的她来说，并非易事。青涩的演技，高高的起点，引得很多人心生嫉妒和抱怨。一个副导演因为她迟到两分钟，便当着众人的面，毫不留情地严厉斥责她，甚至直接将剧本砸向她。

初出茅庐的她被媒体铺天盖地地恶评，说她不会演戏，声音小得像鸡崽音。那时的佘诗曼确实不知道什么是演戏，毕竟不是科班出身。但她却很在乎别人的看法，觉得不开心。但就算生活工作再不如意，她也从未让自己消沉度日，而是想办法去克服。

为了磨练演技，她虚心向各个前辈学习，每天早上大声朗读报纸半个小时，不断练习声音，练习气息，同时看很多影视剧去模仿学习。同时，她一年拍 120 集的戏，24 小时连轴转，曾经连续 5 天 4 夜不休息，拍到整个人都变得麻木，感觉灵魂都飞出了躯壳，过着地狱般的生活。她的演技逐渐得到观众的认可，一颗璞玉被打磨得越发闪亮。此时她的宫斗人生已经不再是刚进宫时候的青涩模样，而是更能游刃有余地面对拍戏。

直到 2000 年，由佘诗曼出演的《十月初五的月光》播出，剧中的她，干净利落的短发，颠覆往日在人们印象中固有的温婉。《十月初五的月光》成为当年的收视冠军，更是众人心中的经典。她也凭借这一角色拿下了当年的“我最喜爱的电视剧女角色”。此时的佘诗曼就像开窍的秀女，经过不断汲取和努力，晋级为贵人，从此开启了升级打怪的人生外挂模式。

2004年，电视剧《金枝欲孽》成为佘诗曼的另一张名片。她扮演的尔淳明艳狠毒，充满心机又惹人怜惜。《金枝欲孽》火遍整个亚洲，是无法绕开的巅峰之作。2006年，佘诗曼在《凤凰四重奏》中一人分饰四角，每一个角色都个性鲜明。精湛的演技让佘诗曼成为TVB史上第一位同时获得“最佳女主角”和“我最喜爱的电视剧女角色”两个奖项的双料视后。

佘诗曼用自己的青春与奋斗，开启了人生的另一片辉煌。此时她早已稳坐皇后宝座，从港姐到一姐，她走的每一步都能看到努力的影子，低调拍戏，保留初心，只用实力说话，这便是一个演员最值得称赞的表现。

其实，每个人都有属于自己的幸运时刻，不要因为突如其来的幸运，而把人生都依托在运气上而不做努力；也不要害怕自己并非明珠，而不敢刻苦琢磨。好运气需要努力才不会稍纵即逝，所有的坚持和努力都将为你保驾护航。

寒门少年的微笑

他叫庞众望，出生在吴桥县庞庄村一个极为不普通的农民家庭。出生之前，家庭已经给他安排好了“命运”。父亲是一位精神分裂症患者，母亲下肢残疾，常年瘫痪在床。

1999 年 2 月，庞众望出生了，他承载了这个家庭太多的希望，母亲给他取名庞众望。当其他家庭四五个家长照顾一个孩子的时候，童年的小众望却扛起了一个家，帮妈妈打理家里的一切。当别家的孩子尚在甜甜的梦乡时，小众望已早早起床，扫地、烧水、收拾房间，照顾妈妈洗漱、方便、清洗便盆。

7 岁那年，小众望被查出患有先天性心脏病，需要手术治疗。这种病需要很多钱，家里无力承担哪怕是一点儿小病，更不用说这花钱如天文数字的大病了。

众望的妈妈请人帮忙推着轮椅，开始了挨家挨户的求助。村里的父老乡亲含着眼泪，给她凑上了为孩子看病的钱。众望要去外地做手术了，临行时，她把小众望搂在怀里，嘴里默默地祈祷上苍保佑多难的众望。

好消息终于传来，手术很成功，小众望马上就能出院回家了。

小众望的病是治好了，家里却欠下了一大笔外债。尽管村里的乡亲没有一个人来要债，但他跟妈妈都希望能尽快把外债还上。

7 岁的众望到了上学的年龄，虽然是九年义务教育，但是要交杂费。妈妈每天起早贪黑地做针线活，但收入寥寥。小众望看在眼里，急在心上。每天一放学，他就赶紧跑出去捡废品。不论刮风下雨，他都要走很远很远的路，去寻找废品。为了能捡到“值钱”的废品，他甚至翻过垃圾堆。有时翻到塑料瓶和易拉罐，他都视若珍宝。有一天，他发现一家工厂附近有许多碎铁片，他欣喜若狂，不顾一切地把碎铁收集起来。铁片很锋利，割得他的手伤痕累累，可是一想到这些铁片能卖不少钱，他顾不得疼痛，更卖力地收集铁片。当他拿出卖废品积攒的十几元零钱时，妈妈看到他的手，心疼地背过身擦眼泪。母子俩省吃俭用，拼命努力攒钱，终于把欠的外债还上了。

众望上初二时，命运再次给这个不幸的家庭一个考验，他的妈妈因严重贫血住院，爸爸无能为力，到医院照顾妈妈的任务就落在了他的肩上。为了省钱，他想到医院旁边的小饭店打零工，饭店老板见他还未成年，拒绝收他。他苦苦哀求，保证自己会勤快做事不添乱，饭店老板知道他的情况后，心一软就同意了。于是众望每天都去菜市场捡烂菜叶，去掉烂了的部分，留给自己吃，却给妈妈买新鲜便宜的菜，然后，借用店里的锅炒一下给妈妈送饭。即使这样，他也没有放松自己的学业。夜里，他缩在妈妈的床边，就着走廊微弱的灯光，认真学习向同学借来的笔记，保证自己不落下课程。

2014 年 9 月，庞众望以优异的成绩考入吴桥中学。学校离家有五十多里地，每个月放一次假。每次放假回家，众望为了节省车费，向同学借了一辆自行车，一路骑回家。他还向学校申请了勤工俭学的岗位，利用课余时间在食堂帮忙。早上天不亮就起床，在走廊里早读，然后去食堂帮忙。夜深了怕打扰室友休息，就搬个凳子蹲在走廊里，就着微弱的光做功课。就这样，庞众望度过了充实忙碌的高中生活。

2017 年高考，庞众望考了 684 分（理科裸分），并通过了清华大学“自强计划”，被清华大学录取。

后来，庞众望的事情被各路媒体报道出来，受到社会广泛关注，很多人都想给坚强乐观的庞众望一些帮助。没想到，众望不想接受媒体采访，希望自己能平静地度过大学时光，他也一一致谢并婉拒了这些资助，他希望通过自己的努力挣到学费，他也相信自己一定能做到！

“既然苦难选择了你，你可以把背影留给苦难，把笑容交给阳光。”这是庞众望在日记里的一句话。他知道，命运可能有时无法选择，但微笑是可以选择的，微笑时，苦难便会逃离。不抱怨，不哭泣，不祈求。既然选择了远方，便只顾风雨兼程。

死得最好的“尸体”

成龙还只是小武行的时候，所做的事很微不足道。

从师父的戏剧学院离开之后，成龙每天嘻嘻哈哈混在片场，跟着武术指导们打零工。演的都是那种看不见脸的人肉背景，或者当小偷给别人打一巴掌，或者在一群人中被主角一脚踹开。白天没事做，成龙就混在片场观察所有人在怎样干活，后来慢慢看明白，原来拍一场戏有那么多学问。

单是“Action”（开始），就分“声音开机”“摄像机开机”“打声音板”“导演叫 Action（开始）”几个阶段。那时大家常常要在片场扮演死尸，死尸当然是不能动的，但很多人因为没经验，导演刚刚喊声音开机就开始闭气，等到真正开始的时候，就快要憋不住了，尤其有时身上还横七竖八插着刀和剑，一起一伏地动，导演自然就发飙了。

自从学到“Action（开始）”是怎么一回事之后，成龙每次都等到声音开机、摄像机开机、打声音板结束之后导演喊 Action（开始）的那一刻再闭气，然后就是死也坚持住不动，一条结束之后，导演就会指着成龙对旁边的人说，那个人“死”得不错！

有一次在某个片场，导演要拍两个大侠在雨中对打，一群死尸在后景处横七竖八，身上都插着刀。那天特别冷，所有群众演员都泡在水里，很多人没办法坚持闭气，再加上冷的缘故，就看到满地的“死尸”倒在那边上下动。导演大吼：“咔咔咔，不要动啊！你们已经死掉了明白吗？！”接着，导演指着成龙对副导演说，就那个人，他“死”得最好，明天叫他来继续开工！

就这样，跟着大家演死尸演得多了，成龙自然就有机会去拍一些露脸的戏。从“死得最好”开始，成龙在武行里慢慢累积起了名气。

当年经常有人嘲笑他，演个死尸演那么认真，真是傻到家了。你再怎么努力，不还是那个一天只拿几块钱的小武行吗？但也许正是这种“傻到家”，让成龙一步步从“死尸”走到今天的“大哥”吧。

警坛“神笔”

全国公安系统一级英雄模范的张欣，长期奋战在打击刑事犯罪斗争第一线，在模拟画像缉捕罪犯领域成绩斐然、功勋卓著。

张欣打小就爱画画，在北京当兵期间，受到了不少艺术熏陶和名师指点，给他后来的“画像人生”打下了基础。

1986 年，张欣作为技术人才被调到了刑队技术组，专门从事犯罪模拟画像。模拟画像是一项科学性极强的技术活，以前刑侦领域也没人搞过这项事业，张欣可谓是第一个吃螃蟹的人，其中的艰辛没有亲历无法体会。

要靠模糊的语言形容来尽可能还原犯罪嫌疑人的相貌，这是一件对专业度和综合素质要求都非常高的工作。虽然在部队时，张欣认真地学过素描画像，也写生过许多战士头像，但那毕竟是临摹或写生，有参照物，都是“依照葫芦画瓢”。如今在没有见过案犯的情况下，默写人像，难度增加了许多。一开始，张欣总是找不对路子，找不到画像的感觉，有时目击者口述时会增添自己的主观感受，无形中给模拟画像带来难度。

那时张欣画出来的画，目击者看了之后，又说像，又说不像，总感觉哪里不对。

为了能够画出最接近犯罪嫌疑人的画像，张欣不仅重新走进美术学院进修，而且不分上下班时间，笔不离身，每天早上来到办公室，他的第一件事，是铺开宣纸写一幅字。之后，他一遍遍地揣摩样本，一遍遍地作画修改。除了吃饭，一整天都能听到哗哗的作画声。每天上下班坐车的路上，张欣都会认真观察各类人的体貌特征，回家后也见缝插针地画。

为了精益求精，张欣能把一个器官画上 3 个月，不论是丹凤眼、杏眼，不管是浓眉、剑眉，他都如数家珍。长期下来，他在无形中积累了一个素材库，只要别人说到，他下笔即来。

张欣还给自己下了硬指标，每天必须完成 30 张画。几年下来，他画了几万多张头像，对人物写生，可谓达到了炉火纯青的地步。

之后，张欣一直战斗在刑侦一线，以画笔为刀，除暴“捉妖”。

上海市曾发生一起强奸杀害出租车女司机的大案，派出所把张欣画的嫌疑人模拟像挂在墙上让民警熟悉，一妇女见到画像脱口而出：“咦，这不是我老公吗？”于是凶犯落网。

还有一次，张欣在绘制一起偷盗大案嫌疑人的模拟画像时，几位民警十分好奇，围在旁边观看。当张欣根据目击人的口述刚刚描绘出嫌疑人的脸型和眼睛时，几位民警异口同声：“这不是阿三吗？”像还没画完，作案人就被抓来了。

1997 年、1998 年间，山西太原连续发生歹徒冒充民警，持刀上门抢劫的特大恶性案件。张欣通过对 30 余名受害人的访问，画出了 4 名案犯的模拟画像，一举破获了 120 起杀人、抢劫、强奸系列案件，被太原市政府授予“荣誉市民”称号。

张欣还潜心自学了犯罪心理学、刑事侦查学、预审学、痕迹检验学等多门学科，并综合运用到了模拟画像中去。

从业 30 多年，张欣经手案件约 11000 多起，通过画像破案超过 1000 起。先后荣获“全国优秀人民警察”“全国公安系统一级英雄模范”等多个荣誉称号，被誉为“警坛神笔”“罪犯克星”。

所以说，不要期待突如其来的成功，没有人能随随便便成功。付出后不一定有回报，但努力后就一定有收获。

请您用普通话回答

1996 年 12 月 11 日，董建华当选香港特别行政区首任行政长官，并召开了临时记者会。中外媒体架起了层层摄像机和脚架。

才成为凤凰卫视主持人没多久的吴小莉，跟着团队在内外场跑，不断捕捉和追访委员，所以只抢到记者会最靠边的位置。董建华发表当选感言后开放媒体发问，现场顿时响起一片抢问声，全都是以广东话一问一答。只会说普通话的吴小莉似乎得不到任何机会，她在想，什么问题才能打动这位首任特首。

这时董建华说："最后两个问题。"吴小莉心中一急，提着气大声发问："董先生，请您用普通话向亚洲区的观众说明，未来 5 年您将如何兑现您的承诺，不辜负今天高票当选的所托？"

临近香港回归的时刻，普通话的分量在香港人心里有了微妙的变化。终于，这个在一片广东话中，唯一一个说普通话的大嗓门让董建华特地回了一下头，他看了吴小莉一眼，以普通话回答了提问。这句普通话的一问一答，成为当晚 CCTV 新闻中唯一采用的答案。

吴小莉的问题给董建华留下了深刻印象，并让他留意到凤凰卫视这家新生代媒体。后来，董建华又给足面子，专程在深圳与凤凰卫视的老板刘长乐会面，并给了吴小莉 15 分钟时间的专访。

普通话在特定的背景和场合下，突然显得不普通，吴小莉正是利用这一点而占据了出场的高点。要想打开成功这扇大门，这就需要我们时刻保持一种开放的心态，拓展思维领域，随时把握机会。

被理发师拒绝的头发

清朝末年，有个画家名叫任伯年，他特别热爱画画。他每天手不停挥，到了废寝忘食的地步。

为了节约时间，他甚至想在吃饭时让人家给他剃头。可一个理发师来了之后，看到他的头发，摇摇头走了。任伯年生气地让夫人再去请别的理发师，第二个理发师来了之后，也摇摇头走了。

任伯年心想，难道是因为我想在吃饭时理发，不合理发师的规矩吗？于是他又让夫人再去别的地方找理发师。

很快，夫人又领回一个理发师，此时任伯年也用完饭了，就坐在那安静地等理发师理发。没想到这位理发师看到他的头发之后，也准备离开。

任伯年立马抓住这位理发师，问道："为什么你们都不肯替我理发呢？"

"您的头发虬结缠绕，需得耗费几个小时之久，而几个小时的时间，够我替很多人理发了，那样才能赚得更多。"

原来，任伯年平时太专注于画画，长时间不理发，头发缠结得厉害，本来就难打理。再加上他画画思考时喜欢抓头发，发间还滞留了很多五颜六色的颜料，更加难理。

于是，任伯年说："我给你加报酬，以后你就专门替我理发吧。"说着就让夫人付了一笔不低的报酬。理发师高兴地答应了。

此后，这位理发师每次给任伯年理发时，都有青色、黄色、红色和白色的颜料从他的头发里一簇簇地落下来。理发师开玩笑说："我为任先生理了好几年发，挺赚的呀！光是收集的颜料都够我开一家颜料铺了。"

任伯年对画画的执着，从理发中可窥一斑。所以他的画技才那么熟练，练就了出笔很快，几十个扇面，顷刻一挥而就的功力。

天才们的成功，表面上看起来只是信手拈来，其实背后却依然要付出非同一般的努力。

“小书”成就“大家”

丰子恺师从一代宗师李叔同，后东渡日本学习绘画，形成了自己独特的画风。他的画，辨识度极高，只寥寥几笔，神态意趣便跃然纸上。很多学漫画的青年问丰子恺画漫画有什么秘诀，丰子恺总是告诉他们没有诀窍，没有捷径，办法就是“勤学苦练”，“功夫不负有心人”，这就是他的经验。

早年丰子恺作画喜欢从日常生活中取材。抗战前在故乡时，他曾画过一个人牵着几只羊，每只羊的颈上都系着一根绳子，画好了挂在墙上，正好被家里挑水的农民看到了，他笑着说：“牵羊的时候，不论几只，只要用一根绳系着带头的那一只，其余的就都跟上来了。”丰子恺听了恍然大悟，感慨：“看来要画好画，不能光凭想象，必须仔细观察事物，还应多向各种各样的人请教。”

从画羊得到启发后，丰子恺十分重视对周围事物的观察。为了记下观察所得，他随身带一本速写本，自制的，简陋而实用，旁边可以插一枝铅笔，藏一小块橡皮。利用这个速写本，他把捕捉到的可以入画的每一个镜头都画下来，当然只是轮廓神态，回来后还要加工。如果画的是人，还不能让他们知道，否则他们的神态马上就变得不自然了。这种“偷画”常常给他带来麻烦，使他遭到怀疑和白眼，所以有时他只好把印象记在心里，回家之后再凭借记忆画出来。

有一次，为了画一幅背纤图，他事先特地到河边去观察，发现来往货船走在最前面的纤夫大多是倒着走的，经过了解才知道，倒走能掌握航船动向，可以随时通知其他的纤夫改变纤法，他便根据观察画出了背纤图。

家中的大人小孩都知道，丰子恺对自己的速写本视若珍宝，从不离身，有一次，家中李妈不当心，把他的衣服连带本子都浸到洗衣盆里，正要去洗，他发现速写本不见了，十分着急，立刻发动全家去找。李妈寻到了，忙喊：“小书在这里！”从此“小书”成了速写本的代名词。日后，大家对它也就更当心了。

后来，丰子恺一直保持着这个习惯，一抽屉都是他的“小书”。《人散后，一钩新月天如水》是他正式发表的第一幅作品，几个茶杯，一卷帘笼，诗意尽在不言中。当时有人指出，画中的月亮方向画反了，大家认为画家并非科学家，并未苛责。后来，天文台的专家看了之后，指出画中描绘的是后半夜的新月，并没有错，朋友小聚，尽兴聊到深夜两三点钟，应正是此景。

丰子恺作为一代大家，他的经历告诉我们，每个人在走向成功的路上，都需要自己的一本“小书”。

千辛万苦推广国家通用语言

1986 年，从新疆大学汉语言文学专业毕业后，库尔班·尼亚孜成为阿克苏职业技术学院的一名教师。20 世纪 90 年代，跟随着“下海潮”，库尔班·尼亚孜停薪留职到内地做生意，因为没有语言障碍，他走遍了大半个中国。库尔班·尼亚孜经常思考，是什么原因造成新疆和东南沿海发达地区在发展上的差距。

后来，库尔班·尼亚孜回到家乡，经营一家药店。小镇地处偏远，镇上绝大多数是维吾尔族。因为不懂国家通用语言，乡亲们出去务工、做生意非常困难。

一天，一位老人带着孙女到药店买药，库尔班·尼亚孜看到孩子正在出水痘，就告诉老人如何治疗。谁知老人却斥责他：“我的孩子长得太漂亮了，被人嫉妒，遭了诅咒才变成这样。”最终，小女孩因治疗不当，脸上和身上留下了许多痘印。类似的事情见的多了，库尔班·尼亚孜深刻地意识到，打针吃药只能解除身体上的病痛，却治不了精神的匮乏和思想的落后，他觉得自己应该做些什么来改变这种状态。于是，他决定在家乡开办一所国家通用语言学校。

2003 年，库尔班·尼亚孜不顾家人反对，拿出全部积蓄在家乡创办了一所国家通用语言幼儿园，并从附近的新疆生产建设兵团请来了汉族教师。库尔班·尼亚孜带着老师挨家挨户做动员，一遍遍地给维吾尔族老乡讲学习国家通用语言的重要性。有人被他的诚意打动，答应让孩子试试，也有人斥责他，拿着扫帚将他赶出门。最终，他们走村串户，总算动员了 80 多个孩子来报名。

库尔班·尼亚孜的办学之路格外艰辛，他被人吐过口水、被骂是疯子，学校的围墙几次被人推倒，宿舍也被人放火烧过……学校刚创立时，第一批幼儿园的孩子一个汉字不认识、一句国家通用语言不会说。老师在上面讲，孩子们跳过半米高的门槛往外溜。老师拔腿追，孩子又蹬又抓又咬，把老师的鞋都跑丢了。家长见状，以为老师要打娃娃，气势汹汹闯进来找库尔班·尼亚孜“算账”。库尔班·尼亚孜不信邪，“给我一个月时间，如果孩子还是不适应，学校分文不收！”

库尔班·尼亚孜和几个老师用唱汉语歌、背唐诗、说快板、唱京剧的上课方式，吸引孩子们的注意力。他们从最简单的单字和拼音开始，教孩子们学汉语，仅 6 个单韵母，他们就整整教了一个月。80 多个孩子的家长在教室窗户外边，轮流站了 3 个星期。从第 4 个星期起，来“观察”的家长开始少了，后来全都回家了，没人再对库尔班·尼亚孜的学校提出过质疑。

一年后，幼儿园的孩子们毕业了。看到孩子们短短一年时间就能说一口比较流利的普通话，库尔班·尼亚孜看到了希望，又顺势开办了小学。

尽管积蓄不够，每逢端午、中秋等传统节日，库尔班·尼亚孜还是会买来面粉、馅料和工具，组织学生包粽子、做月饼，共度佳节。他想让孩子们感受中华优秀传统文化的魅力，增强对中华文化的认同。

小学校园里，随处可见国学经典宣传画，学校三年级以上的学生，都能一字不落地背诵《论语》全文。孩子们将学习普通话的热情带回了家。每到周末，孩子家长们都会围着孩子一起学习普通话。于是，这个小镇上，学习普通话的维吾尔族越来越多。会说普通话的乡亲们出去务工、做生意也变得容易多了。那些曾经不理解库尔班·尼亚孜的人，纷纷向他道歉，有的甚至拿出自己不多的积蓄，表示愿意赞助学校的办学。

县城甚至外县的家长们，听说了库尔班·尼亚孜的事迹之后，都排着队想把孩子送到他开办的学校上学。

15 年来，库尔班·尼亚孜创办的学校累计培养了九届共计 600 多名小学毕业生。在他的努力下，越来越多的孩子走向了美好的未来。如今，受库尔班·尼亚孜的影响，乌什县已在当地近 80 所中小学进行试点，推广库尔班·尼亚孜的办学经验。

库尔班·尼亚孜常说："一滴水只有汇入海洋，才能获得永久的生命；一个民族只有融入祖国大家庭，才能得到永续的发展。"在庆祝改革开放 40 周年大会上，库尔班·尼亚孜作为改革开放杰出贡献人员，受到党中央、国务院的表彰，他被称为"民族团结进步的践行者"。

普通前台成为亿万富姐

2000 年 4 月，童文红在网上看到阿里巴巴招聘行政助理，就去面试。面试成功后，她被安排做前台。

一次，电视台的人找阿里巴巴 CEO 马云，童文红让他登记，他不愿意，还要态度。他说他和马云是朋友，说完推门就走。童文红吓坏了，不知如何是好。

后来，马云留住了客人。客人走后，得罪了客人的童文红赶紧向马总道歉，但马总的道歉比她还快。马总说："你没有做错，但要更有技巧。"童文红感到她和马总的距离一下子拉近了，也让她更加坚定追随马总的决心。

为了能熟悉并且更好地完成这份工作，童文红常会在闲暇时刻总结工作心得，并且不断地提高自己的服务质量。她认真工作的态度被马云看在眼里。

后来，马云在公司内分配股权，给她这个前台 0.2% 股权。马云对她说："将来阿里巴巴上市，市值会达到 1000 亿，你就在阿里干，不用到其他公司干了，等公司上市了你就有一个亿了。”可是，童文红等了一年又一年，也没看到阿里巴巴上市。

2004年，童文红问马云公司什么时候上市？马云说快了。2006年，她又问马云，马云还说快了，但她依旧没看到公司上市，依旧没有拿到一个亿，可她仍然对马云和公司充满信心，始终保持一个追随者的认真态度。

直到2014年9月，阿里巴巴纽交所成功上市，市值2457亿元。而童文红正如马云所言，个人身家达3.2亿，成为从前台走出来的亿万富姐。

童文红从基层做起，后来成为阿里巴巴资深高级副总裁，实现了从“士兵”到“将军”的华丽逆袭。

童文红时常说，当缔造者还在孜孜不倦地努力的时候，作为一名追随者又有什么可着急抱怨的呢？

成功者就必须脚踏实地，切忌浮躁和急功近利。如果确定井下有水，就要在这一个地点投入精力和时间，把力量用在一个井口，宁可十年挖一口井，也不去一年挖十个坑！坚持自己最初的选择，相信就是成功的开始，不忘初心，方得始终。

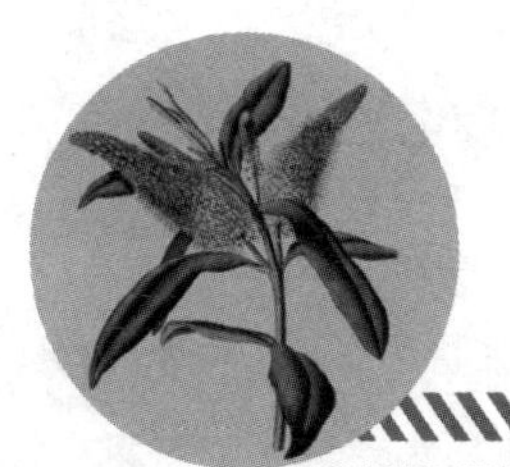

第三辑　清风明月

择业之歌

如果我们选择了最能为人类福利而劳动的职业，那么，我们就不会被任何重负所压倒，因为这是为全人类所做的牺牲；那时，我们感到的将不是一点点自私而可怜的欢乐，我们的幸福将属于千百万人。我们的事业并不显赫一时，但将永远存在，而面对我们的骨灰，高尚的人们将洒下热泪。

——马克思·题记

万物在飞逝，带着陆离的翅膀。

我站在青春的尾巴上回望。

学生生涯的舞台，有过如履薄冰的惊颤，有过烈火焚烧的挣扎，有过千锤万凿的锻打。这是属于年轻的战场，奋笔是剑，书山是马，责任与使命是盔甲。我终于告别象牙塔，怀揣梦想，开始新的起航。马克思17 岁时在《青年在选择职业时的考虑》中的思考，让我们不得不对职业的感悟进行细远绵长的梳理。

每个人所选择的路，都是他所选择的生命形态，都是他所追求的生命底蕴，也可以说，这即是他的人生本质。人的一生，有着太多不得不做的重要选择，择业便是其中之一。

人的价值是靠劳动体现的，因此，职业是我们实现自我价值的基本途径。我们每个人，都有着自己的职业理想。曾有人调侃：理想很丰满，现实很骨感。职业理想与现实之间肯定会存在差距。面对这种差距，我们要理智地调整自己的职业期望，要与现实相适应。

当生命中所有的琐碎浓烈到近乎淡泊，如何在自己的生命旷野里高歌？放空灵魂、忘记沧海之时，可曾想过如何淬砺自身的光泽？提高自身素质，为就业做好充分准备方是正解。老子曰："天下大事，必做于易；天下大事，必做于细。"小事成就大事，细节成就完美。我们在职业生涯中要从小事做起，这样才能成就大事。注重细节，这对一个人的一生来说很重要。很多事情，一个人能做，其他人也能做，只是做出来的效果不一样。往往是一些细节上的功夫，决定着完成的质量。海尔集团张瑞敏曾说："什么是不简单？把每一件简单的事做好就是不简单；什么是不平凡？把每一件平凡的事做好就是不平凡。"摩天大楼是一砖一瓦从平地砌造的，浩瀚的大海是小流小溪汇聚而成的。在以后的工作生活中，认真对待工作，持之以恒地关注细节，在职场竞争中成就自己。

我们的父辈祖辈，年轻时曾有过很多豪迈的选择——"到祖国最需要的地方去"。青春年少，血气方刚，指点江山，慷慨激昂。我们作为年轻的一代，应延续这种精神，以及这种精神背后的感动与激励。因此，我们在选择职业时要充分考虑国家和社会的需要，好儿女志在天下！

星光会黯淡，繁花会凋零，唯有那由善良与智慧编织而成的内在美，方能历经岁月的洗练而楚楚动人。面对茫茫宇宙，我们有如蚁蝼般渺小，可是，如果我们在职业生涯中将自己整个年华烙印在对国家、对人民赤诚的热爱之中，我们将永垂不朽。诚如有人所说“枫叶把整个生命献给了太阳之后，它就具有了太阳的光彩”，于是我们有了明媚的光彩，那光彩来自国家、来自人民！

我们希冀选择明亮的人生道路，希冀深刻自己的年华，希冀打造自己的生命精度，然而，人生总会有风雨，有坎坷，但不管怎样，我们都不可以退缩。任它潮涨潮落，云卷云舒；任它盈亏有期，流水无情；任它海枯石烂，地老天荒。我们要满怀最初诚挚的心灵，奉献社会，实现人生价值！

当我们做出正确的职业选择，当我们拥有能够实现人生价值的职业，我们终会明白，那首写在生命旷野中的歌是如何优雅地被完成。

海的味道

说起我的家乡，我总是无比自豪，这是一座靠海的小城，家乡的人们习惯了临海而居，听潮起潮落，伴海声入眠。从小，家里总有一些远道而来的客人，为大海慕名而来。大海的波涛汹涌、饕餮盛宴给他们留下了深刻印象。于我而言，大海是那股让我忘不了的略带咸涩的海鲜味。

五一假期，又一次陪着朋友“下海”。驱车几十分钟到了港口，刚一下车，抬眼一看，嗬！正巧遇到渔船接港。一箱箱新鲜的海贝、海鱼被渔民们从船上搬下来，过磅后送上停在岸边的一辆海货快运车。正值中午，骄阳似火，高温是海鲜的大忌，渔民们忙碌着，汗滴大颗大颗地从额头滴落，鱼鳞沾到了脸上，都无暇擦拭。鱼鳞，碎贝壳，空虾壳……各种各样的杂碎物散落在船面上，只让人觉得杂乱和污浊，一股股浓烈的海鲜味扑面而来，我不由自主地用手捂住口鼻。

一代又一代的渔民在这里忙忙碌碌，一批又一批的海鲜从这里出发！还没等我感叹完，同行已与一位船老大谈好出海游玩的价格，招呼我快上船，准备下海。

大船行驶了十分钟，离港口越来越远，视野越发开阔，有不少海鸥在海面上飞过，矫健，有力。几个客人拿出手机对着广阔的海面一阵猛拍，然后就开始埋头上传照片，发微信朋友圈，发微博。

途中遇到几艘小船，我们用好奇的眼光细看船上那些渔民在一排排插着竹竿的地方收网，听到喧闹，他们抬头打量着我们这些嘻嘻哈哈的来客。

我问船老大，这些人在忙什么？他说："在收鳗鱼苗。"

"这大中午的还在忙活，好辛苦啊！"

"这还算好的，我们有时要用一两个月的时间在海里捕捞鱼苗呢。"船老大的神情略带骄傲。

"这一两个月都在海里，不上岸？"

"对，吃住都在船上。"

"没有淡水怎么生活？"

"我这船能装二十吨淡水！"船老大脸上再次涌现骄傲的神色，并沉稳地转舵。撇下一脸吃惊的我在一旁默默想象——他们面对着苍茫的大海，从日出到日落，在船上吃住一两个月的生活是什么样的？不禁为他们的沉着、耐心、执着而感慨，当我们远离大海，享受美味的时候，应感谢这些通过自己辛勤劳动和无穷胆识造就餐桌美味的渔民，他们是海上的舞者，与海水共舞，与海鸥齐鸣，与海鱼同跃。

船行了半个小时，视线内除了海水还是海水，客人们最初的新鲜好奇感已消失殆尽。于是请船老大调转船头回港。

回程中，突然看到不远处的一艘大船上有人对着我们拼命打手势，我们的船赶紧靠过去，等快靠近那船时，那船上的人又做了一个手势，只有船老大看得懂。原来，那船被淤泥搁住，停这一夜以及一个半天了，见到我们时想请我们帮忙，大家齐心协力，终于摆脱了淤泥的纠缠。

擦去满头的汗水，我忍不住冒出一个问题："假如我们这船不经过，他们又没开出来，那怎么办？”船老大笑笑，没回答我。我突然想起《老人与海》里的那句名言：一个人并不是生来要给打败的，你尽可以消灭他，可就是打不败他。凡事不要总想着去逃避，而是应该保持乐观，只求尽力而为，哪怕结局惨淡，奋斗的过程也将是一路上最宝贵的财富。

船快到港了。浓烈的海鲜味和着海风猛烈地扑来，充满腥气的味道，风的味道，阳光的味道，岁月的味道，这些味道，已在漫长的时光中和故土、乡情、坚忍等等情愫融杂在一起，历久弥坚。当再次嗅到这熟悉的味道，我没再用手捂住口鼻，涌上心头的，是对渔民们辛勤劳动的钦佩与敬重！

打铁的人　铁打的人

有这样一群人，他们如你我一般平凡，在柴米油盐酱醋茶的人间烟火里，体味生活的喜怒哀乐。而面对纪检事业时，他们却有着铁一般的信仰、秉持着铁一般的信念、维护着铁一般的纪律、承载着铁一般的担当。

他，在一次双规案件上，硬是靠风油精和咖啡，扛着 36 小时不合眼，在最短时间内获得关键性突破，因此人称他为不要休息的大仙。后来我们才知道，那时他最敬爱的外公因重病住院，他忍着心痛，坚持参加内审外查，始终没去看望外公一眼。在案件审查结束后，他才请了两小时的假，匆匆赶到外公的病床前，握着老人手掌，抑制不住泪水对着老人。他是平凡的外孙，也是拼命的纪检人。

他，在陪送被审查人员的路上，手掌被铁栅栏划下一道深深的伤口，在医院缝了十几针后，就直奔办案点继续参加审讯。他吊着手臂，右手指着条例对我说：“你看，这虽是老条例颁布时发生的错误，但都融会贯通，你要思考如何活用到新条例里……”我见他单手打字不便，想帮忙时，他却拒绝了："还好我伤的是左手，不影响工作，就是我家那小子，才几个月，可惜要好久不能抱他了……"他是平凡的父亲，也是执着的纪检人。

她，在筹备体育馆首秀演唱会日子里，全天候守在现场，牺牲了无数休息日。她的丈夫是一名基层民警，加班加点也是"家常便饭"。女儿只能由家里老人照顾，孩子从一开始每晚哭着喊"我要妈妈"，慢慢变成了"妈妈，你不知道我现在多能干，可以帮奶奶做很多事情，自己睡觉也不害怕了"。孩子渐渐变得懂事，慢慢习惯她的忙碌，似乎不再那么需要她，每每看到这种变化，她心里充满酸涩。她是平凡的母亲，也是无私的纪检人。

他，负责牵头省委巡视组检查的各项迎查材料，时常忙至凌晨。一天夜里骑车回家，因疲倦分神重重摔倒在地，半天缓不过神。看着蹭破的外套，心想怎样才能不被家人发现自己受伤。他推车瘸着走回几公里外的家中，妻子见状只是背过身修补他的衣服。他捕捉到妻子那些不愿让他看到的泪水，是她沉默中的不舍。次日一早妻子又把他提前送到单位，再赶去上班。望着妻子的背影，他心怀感激，又投到忙碌之中。他是平凡的丈夫，也是勤奋的纪检人。

平凡如他们，胸怀坦荡、问心无愧，却在一些人眼里，不近人情、小题大做，干的都是"损人不利己"的"坏事"。在暗访通报、党政纪处理的背后，有冷眼相对、打击报复、寻衅滋事，然而他们从未退缩，刀光剑影中，将"治病救人"的理念深植于心，这群"铁打"的"打铁人"将秉持着"亦余心之所向兮，虽九死其犹未悔"的精神，不忘初心，奋勇前行！

不忘初心跟党走　青春建功新时代

人类历史就像一条大江河，走的是千回百转的路。就像车尔尼雪夫斯基曾经写道："历史的道路不是涅瓦大街上的人行道，它完全是在田野中前进的，有时穿过尘埃，有时穿过泥泞，有时横渡沼泽，有时行经丛林。"不管这条路多难走，我们相信，道路是曲折的——且"沉舟侧畔千帆过，病树前头万木春"，前途是光明的——终"山重水复疑无路，柳暗花明又一村"。

中国共产党第十九次全国代表大会以深邃的历史站位，广阔的世界视野，非凡的理论创造，必胜的理想信念，强烈的使命担当，作出中国特色社会主义进入新时代的重大论断，向全党全国发出以习近平新时代中国特色社会主义思想为行动指南，夺取新时代中国特色社会主义伟大胜利的进军令和冲锋号。

作为党的忠诚卫士，我们青年纪检干部肩负党的信任、时代要求和人民期盼，我们将以自己的方式为这个新时代的到来喝彩，解放思想，实事求是，与时俱进，将十九大精神落到实处。

以崭新状态迎新时代。我们青年纪检干部须以“人一之我十之，人十之我百之”的精神状态，“有一人当有一人之业，生一日当尽一日之勤”，调整状态、提振状态、激发状态，让沸点状态成为工作常态，创造事业峰值。不断强化思想政治建设，坚定理想信念，牢记初心和使命，为人民谋幸福，为中华民族谋复兴。全面加强学习，学出精神境界，带着强烈的使命感、责任感投身正风反腐事业；学出思想水平，根据十九大的部署，准确定位纪检监察机关的工作，把握未来工作的方向和重点。十九大赋予我们纪检人新的光荣使命，新时代要在新思想的引领下以新作为展现新气象，通过不懈努力换来海晏河清、朗朗乾坤。

以专业能力配新时代。我们青年纪检干部要积极投身改革创新潮流，在坚持全面从严治党和建设社会主义现代化国家新征程中，牢记使命，不忘初心，奋斗前行。我们既要政治过硬、也要本领高强，要以十九大精神为引领，当好严纪立规的“啄木鸟”和政治生态的“护林员”。立足本职岗位建功立业，通过实践不断积累各方面经验和专业知识，增强工作能力和才干。打铁必须自身硬。牢固树立“四个意识”和“四个自信”，努力成为高素质专业化的纪检监察干部。始终坚持党的领导，旗帜鲜明讲政治，强化自身使命担当意识，全面贯彻执行党的理论和路线方针政策，进一步强化监督执纪问责，以实际行动践行纪检人的责任与担当。

以奋斗姿态建新时代。昂扬的奋斗姿态是推进党的事业的具体行动。无数优秀共产党员昂扬的奋斗姿态烙印在时代长河之中，“敢叫日月换新天”的焦裕禄，“认准的事背着石头上山也要干”的廖俊波，都是我们的榜样。我们青年纪检干部，当以奋斗为青春底色，志在基层，心系群众，奋斗在基层第一线，“敢打敢拼”“敢闯敢干”，事不避难，干字当先，干在实处，在淬炼中洗礼，在奋斗中“接力”，一心一意扎根在纪检工作岗位上，勇于亮剑，敢于执纪，用实际行动践行纪检干部的忠诚、干净、担当。从基层、从群众身上感悟岗位之责，始终保持青年纪检干部的好形象，以青年人特有的奋斗姿态，勇做走在时代前列的奋进者、开拓者、奉献者。

“江山代有才人出，各领风骚数百年。”中国特色社会主义进入新时代，新时代呼唤一批又一批时代新青年以永不懈怠的精神状态和一往无前的奋斗姿态，继续朝着实现中华民族伟大复兴的宏伟目标奋勇前进！正如《走向共和》唱的那样：“一年年花开花落，冬去春来草木又蓬勃；一页页历史翻过，前浪远去后浪更磅礴。”

关于青春，习总书记说，“人的一生只有一次青春，现在，青春是用来奋斗的，将来，青春是用来回忆的。”作为青年纪检干部，我们要在奉献中绽放，在耕耘中收获，“居天下之广居，立天下之正位，行天下之大道”，在实现中国梦的伟大实践中书写属于自我的精彩人生！

诚信——生命旷野中的诗

人生的价值并不在于永远是胜利和成功，而在于这个过程当中，我们得到了独一无二的属于自己的体验。

——毕淑敏·题记

站在生命之河的彼岸，看花开花落，观江流湍急，听惊涛拍岸，播扬一种生命意志，轰轰烈烈。人生，说长，悠悠几万日，遥遥无期；说短，匆匆几十秋，弹指一挥间。我们该如何拓展生命的深度呢？我想，我们应该拥有信用，拥有诚信，从而也就拥有了幸福的人生。

诚信让人像金，刚正且人格挺立。金的价值昂贵，做人如若像金，定会折射出自己的价值。我们可以用诚信深刻自己，升华人格魅力。那个每个孩子深谙的故事如一句警言时时响在我们的心中。列宁打碎花瓶，先撒谎而后认错。虽然他的诚信来的稍稍晚了些，但毕竟到达了，而且深深地影响了这位伟人的一生。拥有信用，拥有诚信，我们能够人格挺立。

诚信让人像土，本色且作风朴实。土淳厚且不做作，做人如若像土，定会成为众人信赖的对象。我们可以用诚信鞭策自己，释放高尚作风。韩信落魄的时候，一个漂母给他饭吃，韩信离开她的时候，告诉她以后一定来报答她。后来韩信做了楚王，不忘旧恩，奉黄金千两以漂母。我们且不谈他的人生结局怎样，但他至少将自己的诚信表现得淋漓尽致。拥有信用，拥有诚信，我们能够作风朴实。

诚信让人像木，充实且内涵丰富。木头的用途很多，做人如若像木，定会成为社会的栋梁之材。我们可以用诚信沉淀自己，展现内涵修养。大圣人孔子可谓满腹经纶，学富五车，可面对“辩日”的两小儿所提出的问题，他诚言相对，坦称不知。事隔几千年的山丘，我们依旧喟叹他的诚信。当星光黯淡、繁花凋零，孔子的内涵却穿越时光的洗礼依旧熠熠生辉。拥有信用，拥有诚信，我们能够内涵丰富。

诚信，似一盏清馨的龙井，如同春的悸动而温和；诚信，似一盏芬芳的茉莉花，如同夏的热烈而奔放；诚信，似一盏浓苦的铁观音，如同冬的清寒而空灵。如果人生是一杯茶，那么诚信能让生命满杯飘香。

拥有了信用、拥有了诚信之后，当我们行走在自己的生命中，当我们放空了灵魂、忘记了沧海，当我们开阔了自己的生命格局，我们会听到一些幸福的足音，那声音如天乐开奏，如梵琴拨响，如白凤齐鸣，响彻在生命的旷野里——绝美且独一无二。

以江南之名

江南好，风景旧曾谙。日出江花红胜火，春来江水绿如蓝。能不忆江南。

——白居易《忆江南》· 题记

香山居士的回忆，缔造着江南的梦，宛若在缠绵之月的经纬上相思，涤荡着一曲红尘之外的秋波。

沿着这样的梦，追溯着这样的相思，搅动着这样的秋波，一场与江南的无声爱恋即将上演，犹如穿越一场初恋的心情。

都说江南是如水的江南，如水，想到的便是灵动，婉约。好似荷叶上一滴饱满的水珠，在阳光下剔透，不可亵渎。

想去聆听江南的物语，譬如江南缠绵的雨，譬如江南如水的女子。

梅雨季节的江南，有着欲说还休的意境。这样的意境得益于漠漠的轻烟，丝丝的细雨，还有那油纸伞下身着旗袍的江南女子。

吴侬软语，温柔细腻，成为江南雨季缠绵的风情。江南之雨让江南女子妩媚动人，江南女子让江南之雨平凡脱俗。

如水的江南造就了如水的江南女子。她们纺纱织布，采桑浣衣，琴棋书画，能歌善舞。是否让你想起被卷入岁月流波之中的江南奇女子，比如采桑的罗敷，比如浣纱的西施，比如艳绝一时的秦淮八艳，她们宛若一泓清流，后人没有刻意伸手掬起，却让人发现珍藏的美丽与艳羡。

雨丝无声地飘落，飘飘洒洒，好似江南女子温柔缠绵的手，抚慰着悸动的人儿，安静了那些躁动的灵魂。是否想象过，细雨靡靡，在狭长的青石板小路上，撑一把带着诗意的油纸伞，淡淡独行，或许来一场邂逅，或许只是擦肩而过，这夹杂着点点惆怅的浪漫情怀，也只有在江南的雨滴中，在江南的石板路上，在江南的油纸伞下，才能真真切切地体会到那么一丝。

究竟是雨带出了江南女子的灵动婉约，还是江南女子带出了江南之雨的朦胧浪漫，已无从得知。只是知道江南之雨是江南的灵魂，江南女子是江南的一道风景线，他们一同造就了江南的温婉含蓄与内涵。

此去经年，已无可替代，哪怕沧海桑田。

这场与江南的刻骨爱恋，当属默然相爱，寂静欢喜，诚如穿越初恋的心情，果真带着悸动，青涩。这最初的爱，悄然镌刻在最初的年华之中，仿若淡淡的琥珀，一直沉淀，直至遇到江南的缠绵细雨，更加浓烈。

心栖梦归处，不负韶华年

作家谷溪说过，陕北，不仅是一个地理概念，更重要的是一个文化概念。在她赤裸裸的大山之中，弥漫着一种古老而神秘的文化色彩。

1969 年初，不满 16 岁的习近平来到延川县梁家河村，直到 1975 年 10 月离开这个小山村，人生最宝贵的青春年华，都在陕北艰苦的农村度过。他念念不忘曾经养育他的黄土地，念念不忘陕北的父老乡亲，他既是有情之人，也是有心之人，是黄土地忠诚的儿子。

陕北七年，是习总书记“苦其心志，劳其筋骨，饿其体肤，空乏其身”的人生第一站，是他读懂人生、读懂中国、读懂中国共产党的重要起点。

宝剑锋从磨砺出，梅花香自苦寒来。习总书记当年作为“黑帮子弟”到陕北插队，承受着很大的精神压力。别人做事可以从零开始，他做事却从负数开始，别人平地而建筑，他却要填下面的坑。他在陕北自觉接受艰苦生活的磨炼，几年中闯过了跳蚤关、饮食关、劳动关、思想关，成为村里的壮劳力和种地的好把式。他始终与群众同甘共苦，什么苦活累活脏活险活都干过，而且都抢着干，从不偷懒。艰难困苦，玉汝于成。陕北七年，锤炼了他坚忍不拔、坚毅刚强的性格，铸造了他自强不息、志存高远的情怀。他先后写了 8 份入团申请书，10 份入党申请书，执着的追求，艰苦的磨炼，群众的信服，终于使他入党的愿望得到批准，而且还担任了大队党支部书记。15 岁来到黄土地时，他迷惘、彷徨；22 岁离开黄土地时，他已经有着坚定的人生目标，充满自信。

学者非必为仕，而仕者必为学。当年到陕北插队，习总书记只带了两个行李箱，里面装的全是书。陕北知青七年，他几乎视读书如吃饭、饮水一样必不可少，干农活休息时，男人们聚在一起抽旱烟、砍柴禾、拔猪草，女人们纳鞋底、做针线，而他总是利用这些零碎时间埋头读书。他在山上放羊，把羊赶到山坡上吃草，自己就坐在地畔上读书，每天晚上挑灯夜读到凌晨。他始终坚持苦读深思，博览群书，远远超过其他知青。古人说，“腹有诗书气自华”。坚持读书学习，积淀了总书记丰厚的文化素养、知识素养、道德素养和理论素养。后来，他在不同场合的讲话中旁征博引，信手拈来，谈笑风生，妙语连珠，充满自信。他的学识，他的修养，他的格局，是他多年磨一剑的结果，七年知青岁月的学习积累亦为之打下了重要基础。

衙斋卧听萧萧竹，疑是民间疾苦声。知青岁月中，对当地群众贫困状况的了解，让习总书记那时就知道老百姓最缺少什么、最需要什么、最期待什么，也催生他、促使他尽力为乡亲们多办实事。在梁家河，他组织带领群众修道路、打淤地坝、办铁业社、建代销店、打大口井、发展沼气，以自己的实干苦干引领群众向过上好光景奋进。在炎热的夏天，沼气池里臭不可闻、一片漆黑，憋得人喘不过气，而他，为了维修沼气池，带领几个青年，把沼气池的水、粪便全部挖出来，然后下到沼气池里，打着手电筒找裂缝，用水把裂缝冲洗干净，再用水泥仔细修补。习总书记在陕北七年生活锻炼中，由一个不谙世事的少年脱胎换骨为群众眼里“吃苦耐劳的好后生”，一心让群众过上好日子的领路人。七年知青经历让他真正接了地气，了解了国情，贴近了人民，真切感受到人民群众的冷暖和甘苦，培育了他同人民群众的深厚感情。

淡看世事去如烟，铭记恩情存如血。在那个“以阶级斗争为纲”的年代，家庭出身、父母政治状况等因素给知青带来很大的精神压力，但陕北的父老乡亲评价知青，更注重知青本人在插队时的表现和作为，因此，习总书记当年才能入党，才能当大队党支部书记，才能被推荐上大学。在入团、入党、入学的细节上，有任何一个经手人只要坚持当时的“政治标准”，都会阻碍最后的结果。习总书记离开梁家河后，始终记着那些曾经在困难时期帮助过他的村民，他为梁家河协调通电、修路、帮助村民致富。走上领导岗位后，他始终与梁家河村人保持联系。他多次回到梁家河看望村民。梁家河村民吕侯生患上骨髓炎，写信向他求助，他专门寄去500元路费，让吕侯生到福州治疗，所有费用全部由他个人承担。习总书记回忆往事时充满感情地说：“延安人民曾经无私地帮助过我，保护过我，特别是以他们淳厚朴实的品质影响着我，熏陶着我的心灵。当年，我人走了，但是我把心留在了这里。”

回顾往昔，习总书记是在浓郁革命氛围中成长起来的我们党的领导人，是在苦难历史和曲折经历中成长起来的我们党的领导人，是在长期革命实践中成长起来的我们党的领导人，是在人民群众中成长起来的我们党的领导人。

掩卷深思，《习近平的七年知青岁月》给了我们青年一代太多收获和感悟。中国特色社会主义进入新时代，新时代呼唤一批又一批时代新青年以永不懈怠的精神状态和一往无前的奋斗姿态，继续朝着实现中华民族伟大复兴的宏伟目标奋勇前进。我们每个青年人都要以“初生牛犊不怕虎”、冲锋在前、不怕失败的昂扬姿态，以百折不挠、遇水架桥、逢山开路的坚韧品格，以超越前人、开拓创新、上下求索的雄心壮志，走在时代前列，引领时代潮流，把握时代脉搏，抓住时代机遇，成为时代先锋，创造无愧于时代的新业绩。

而我，作为一名青年纪检干部，我要在奉献中绽放，在耕耘中收获，“居天下之广居，立天下之正位，行天下之大道”，做到总书记所要求的“志存高远、德才并重、情理兼修、勇于开拓”的新青年；以舍我其谁的气魄、敢于争先的豪迈、独占鳌头的霸气，做走在时代前列的奋进者，勇立潮头的开拓者！站在新起点，开启新航程，争创新业绩，心栖梦归处，不负韶华年！

两提海鲜

我的丈夫是一名军人。每年，他都要出海集训三个月。得知他要回来，才 3 岁的女儿懂事地守在阳台上，伸长脖子趴在玻璃上，往小区门口看，终于看到一个熟悉的身影，丈夫到家了。晒得黝黑的他，一脸疲倦，手上还拎着行李和两提大礼盒。

眼尖的我一眼就注意到他手上，“坐车这么辛苦，干吗买这么多东西呢？”婆婆闻声，也看到了礼盒，脸上露出心疼的表情：“这么精致的大礼盒，肯定很贵吧？”

丈夫边收拾东西边笑道：“嗨，别心疼，人家海鲜店张老板免费送我品尝的。”

我一听，心里咯噔一声，表情严肃地问丈夫：“你是说，这俩大礼盒是开海鲜店的一个老板送给你的？”

丈夫看到我的表情，侧身背对着婆婆朝我挤眼睛：“是啊，我心想不要白不要，就带两提孝敬孝敬爸妈。”

我顿时怒了：“你挤眼睛干吗，怎么可以随便收别人礼物？”

“哎哎哎，怎么刚回来就吵架，他不在家，你天天想他，他一回来就凶他，多伤感情啊？”婆婆眼看形势不对，赶紧跳出来劝我。

“妈，我这不是急的嘛！有句话您听过没？千里之堤毁于蚁穴，意思是一个小小的蚂蚁洞，可以使千里长堤溃决。您儿子现在这种行为，就好比那蚂蚁洞，也就是我们常说的‘小贪小腐’，而权力腐败往往是从‘小贪小腐’开始的。这是‘大贪大腐’的前戏，它就会像毒瘤一样，不断滋长贪婪者内心的欲望，然后侵蚀他的灵魂，扭曲他的世界观，蒙蔽他的双眼，让他无视党纪国法尊严，最终坠入腐败深渊，做出损害人民群众利益的事情……”

婆婆的神情越来越凝重，也加入到数落丈夫的“战壕”之中，女儿抱着她爸的腿开始号啕大哭，一时间好不热闹。

这时，丈夫突然“哈哈哈”地放声大笑起来，笑得前俯后仰，甚至笑出了泪。我和婆婆虽然被他笑得丈二和尚摸不着头脑，却一致地保持着冷峻的面容望着他。

丈夫抱起女儿亲了亲，边给她擦泪边叹气道：“老祖宗说的话没错，三个女人一台戏，一点都不假。我们家的王纪检，瞧你把咱妈吓得。‘不拿群众的一针一线’，是我军的优良传统，我怎么可能会忘？跟你们说实话吧，这两提海鲜其实是我买的，只不过是在海鲜市场买的，价钱也不便宜，我只是想孝敬孝敬爸妈们，我不在家的日子里，你们都辛苦了。”

“臭小子，谁让你学会骗人了？”婆婆松了一口气，嗔怪道。

“这叫善意的谎言，还不是因为怕你们舍不得吃！”丈夫嘿嘿一笑，继续逗弄女儿。

这时，公公在厨房招呼大家准备开饭。我未再多语。

晚饭后，我跟丈夫在小区里散步，我轻声问：“那两提海鲜真的是在市场买的？”

“那当然！我那会儿跟你挤眼睛，就是让你别问了，想事后再跟你解释，瞧你这牛脾气哟！”

“怎么说话呢，我可是蓬勃朝气和浩然正气的纪检人！”

“是是是，我时刻牢记我们家的家规——第一，老婆永远是对的；第二，老婆如果错了，请参考第一条。”

“表态表得很好，你也别怪我今天脾气急了。”

“怎么会怪你！谢你还来不及呢！你平时给我讲的那些忏悔录和警示片，我都记着呢！群众身边的微腐败伤害的是民心，腐蚀的是群众根基，有损于党在群众心中的形象和威信力啊！我们执行任务时，有些被救的渔民为了表达感激，非要送海鲜给我们，我都严肃拒绝了。他们在海上辛苦捕捞，赚点血汗钱不容易啊！”丈夫的神思飞向了广袤无际的大海。

我挽着丈夫的胳膊，无声地跟着他继续往前走。

是啊，我深爱着我的丈夫，不仅爱他伟岸的身躯，也爱他坚守的岗位，像王继才那样无悔坚守着孤岛和大海。我也深爱着自己的纪检监察事业，休言女子非英物，夜夜龙泉壁上鸣。

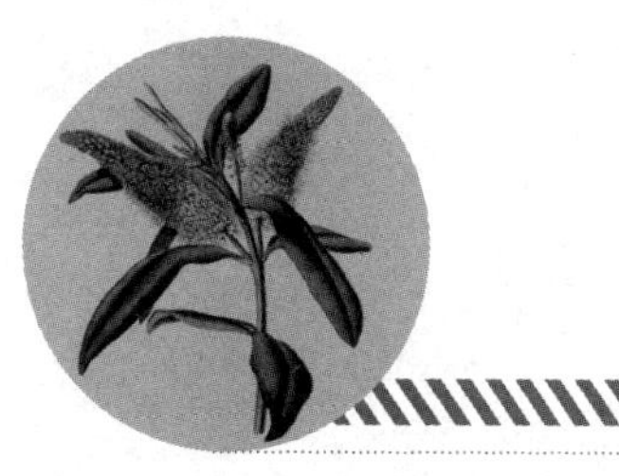

第四辑　书影流年

最初的年华
——《白蔷塔图》读后感

那一瞬间的惊动，就如封闭黑暗的罐子，忽而掠过微薄的光线，稍纵即逝，却艳丽得让人心里无限欢喜。这惊动和欢喜，是因着渺茫天地，曾有一个人并肩而立，观望世间风月。

——安妮宝贝 · 题记

席慕蓉说：每个人的出现都一定有他的理由，有不得不相信的安排的，也许，一生就只是为了某个特定的刹那而已。

戚竟默在十七岁的多舛命运中邂逅了三个男子：恋恋少年时情深懵懂的顾染，如光线晴明却心机暗藏的韩天曜，擦声而过始终无法靠近的彭澍宇。在最初的年华里，留下了曾经沧海的足音。用颠沛流离和一个人的成长，来寻觅遗失在漫漫时光中的爱与守望。

有关顾染

有你存在的家，有橘黄的灯光，如水流动，温暖，并且，暧昧。

而你走后，那曾经的温暖却成了一种讽刺。

其实我要的，不过是专属于家的温暖。

你可知道，当我仰望星空，与彻骨入髓的沉默对峙时的滋味？

你可知道，寂寞地思念一个人的时候，是怎样的苍凉？

你可知道，我们之间究竟是亲情还是错过的——爱情？

你是最初年华的最初，为我本不明亮的生命底色涂抹了一层油彩，这是我逃不掉的宿命，亦是我逃不掉的——幸福。

只是你没有让我触摸到你生命的底色，仅仅是看到。

你带着不能说的秘密离开，内心可曾隐带着不舍？

当真相浮现曙光，孰是孰非已不重要，重要的是我们的家还在，我们还认识回家的路。

有关韩天曜

自始至终，我们之间都存在着一股张力，一股有关考验的张力。来自命运，来自外界。考验你的目的，考验我的容忍。

你有你的迫不得已，我有我的冷眼旁观。

当你好似一团温煦的阳光出现在我的生命中，撇去那些动机。对你，我是心存感激的。因了你的煞费苦心，因了你的暗中守候，因了你的那份无法属于我的温暖。

尾随在我们之间的喧闹，纷纷扰扰，终究抵过了时间的心跳，飘飘荡荡，终究还是停泊靠岸。当灰烬散去，时间的声音刷刷有声，沉淀为淡淡的琥珀，作为这场青春闹剧的见证。

幸好，在这末端，是岁月静好的温淡。一片宁静，言笑晏晏。

有关彭澍宇

有些感情缥缈得如同掠过窗户、流泻在枕边的淡淡月光，永远无法触及；又昂贵得如同漫天星辰，好似破碎的钻石，永远无法称量。

你可了解一个陌生人对另一个陌生人能重要到何种地步？

其实能够重到这个人生命的重量。

如果没有你用声音构造的结界，或许我早已孤独地死去。

我们好似游离在大洋深处的深海鱼，可以没有对话，却可以默契十足地往着相同的方向前行。

在那场我以为没有尽止的漂泊中，始终有个人带着粗糙自然的优雅与我的冰冷的生命平行，温淡却也疏离，但是至少它能存在。

有种心碎之感，但是依旧感谢。

少年的我们，就如同那洁白的玉蚕，我们的感情，也就蜗居在那厚实纯白的茧中，等到我们破茧而出的时刻，留下的，或许只是涅槃之后的荒芜，而有的东西已无处寻觅。

等到这段蛰伏在最初的年华里的青春戏码尘埃落定，析出的眼泪，清醒透明，有着勇敢的韧性，不可切割，就如同今后的成长。

或许自始至终，我们都无关风月，只关成长。

爱在爱你

——《末雪》读后感

壹

一直记得《魔女幼熙》里的一段台词。

蔡戊龙问马幼熙："那个学长有什么好？你有没有想过为什么喜欢他？"

幼熙："喜欢还需要什么理由？"

戊龙："喜欢当然有理由，能聊得来，长得很帅，要不心怦怦跳，有理由的。因为他是你的初恋，所以让你多想想，可能现在不是，有可能被以前的感情所欺骗。"

整个电视剧给我最大震撼的就是这句话：有可能被以前的感情所欺骗。

贰

待雪坡，未曾触摸的名字。

你可知道，总是与“死亡”、“恐怖”以及“神秘”这些字眼联系起来的那一片绵延山脉，为何拥有如此甜软幻梦的名字？

也许，与“雪”有关，就会变得甜软幻梦，正如雪见，纪雪见。

他们的爱情，以这片澄澈的雪山为背景，本以为远离了尘世的浮华与喧嚣。可是，不得已，依旧有一根纽带。让他们爱得如此辛苦，如此纠缠。

叁

纪雪见。

这个美得像雪的女孩，“眉角纤细如线，双瞳漆黑如墨，鼻翼静默如崖，嘴唇轻薄如虹，双颊剔透如锦，黑发垂坠如丝”。

用裴雨霁的话说是个“安静平和的女孩”。

若不是雪夜突然闯入的夏森流，你或许依旧隐藏得很好，隐藏那些你真正在乎的记忆——有关乔恩辰的记忆泡沫。

他是你的初恋，“纪雪见一生唯一一次的爱情，早就随着那年乔恩辰的消失，而消失殆尽了”。

无疾而终的初恋，对于任何人都是一个结，解不开的结。

傻丫头，你可知道，在起点遇到的那个人不一定陪你走到最后。

我也在不停地猜测，是不是因为他的消失带走了你另外一个无比重要的人，所以这段恋情，这个叫乔恩辰的男孩才更加让你放不下。

在你心底，让你苦苦执拗的过往，已让你看不清身边人的爱护与感情。或许，是不想看得清，又或许，是没有勇气看得清。

对于顾司岩，谢谢他给予的像兄长、父亲、情人般的爱恋，可是，无法回报。只能感谢，很惭愧地感谢。

对于夏森流，那一餐鸡汁泡饭，让你周身温暖，内心丰富。泪雨滂沱中的拥抱，你所说的依旧是："谢谢你，恩辰。谢谢你，终于又回来。"

这个人，你还是硬生生地把他与记忆中的那个人重叠在一起。

此生，你真的无法放下了。你是不是被过去的感情所欺骗？

依旧在守候，为何就是无法登上别人的岸。你可知道，最初的年华，只能留在心里最妥帖的位置，与现在无关。

咫尺，已是天涯。

肆

顾司岩。

一直在守候雪见的男孩。知道自己无法永远守候，却一直竭尽所有。

他知道那个女孩需要安全感。

你会失望，可是于你又是幸福的。因为有所期待，才会有所失望，能期待，说明你就是幸福的，只是这样的幸福比较痛。

相于纪雪见的固执，你何尝不是固执的。固执到看不到裴雪霁的喜欢。

难道，在你们的世界，爱情变成了一场追逐。只看的到前方追寻的目标，却看不到后方追寻的无奈。

伍

夏森流。

不可否认，你是带着一颗私心出现在雪花莲，出现在留守于雪花莲的纪雪见的生命里。

在一次次的询问、争执中，你何尝不了解乔恩辰在纪雪见心中的位置。“有人说‘得不到和已失去’的东西，是这个世界上最为珍贵的两样东西。所以，我想我们都得到了生命中最为珍贵的东西了。你是我的得不到，他是你的已失去。”

你让雪见给彼此一个机会，你可曾担心过自己沦为一个替代品。我想，如果真有这个机会，即使是一个替代品，你恐怕也无所谓了吧。否则，当年他怎么会在无数个黑夜白天，一个人躲在暗房里，捧着越来越厚实的相册，如痴如醉地思念那个素昧平生的女孩。

爱情，果真是一种让人说不清的情感。

陆

原来，爱情的色彩，不会因为地点的变化而有所改变。不管是以城市的迷离斑驳还是雪域的云淡风轻为背景，都是那么纠缠。

原来，爱情的姿态，一直是千回百转。

原来，爱到深处，连回报都不需要，只求守候，哪怕是无望的守候。

原来，爱情的长度，就是一个转身的距离。

柒

喜欢仔仔的《爱在爱你》：

你揉着哭红的眼睛
它让你眼神更忧郁
心疼你却无法安慰你

你说这世界冷冰冰
你怀疑什么是真情
想放弃想远远的逃离
伤放一旁别再多想
将过去遗忘
让我为你准备一个家
爱在爱你爱在爱你
从我们相遇那天起
不要哭泣不要哭泣
你应该被珍惜
爱在爱你我只想爱你
就算你会不答应
我会继续静静等待
留在你身旁陪你守候你

“伤，放一旁，别再多想，将过去遗忘，让我为你准备一个家”——这一句，融入了多少包容。

“我会继续等待，留在你身旁陪你守候你”——这一句，融入了多少执着。

这首歌，送给纪雪见，或者顾司岩与夏森流。

默然相爱，寂静相喜

——《夜光双树》读后感

> 在年轻的时候，如果你爱上一个人，不管你们相爱的时间有多长多短，若不得不分离，也要说声“再见”，在心里存着感谢，感谢他给你的一份回忆。
>
> ——席慕蓉·题记

我努力整理好心情，才开始看这些文字。

不为其他，就为我对文字的信仰。

所以，自始至终，我都要保持一种纯粹的状态，简单、明净。

一口气看完所有文字，我不得不承认，留给我最深刻印象的是《序篇·伤》。

让我看了有种想流泪的冲动。

让我想起曾经有个男孩对流着泪的我说：“乖，不要哭，我们都要努力……”

有人说，有些感情是指甲，剪掉了还会重生，无关痛痒；而有些感情是牙齿，失去以后永远有个疼痛的伤口无法弥补。

就在过去的种种在心里滚成雪球的时候，就在我们独自为爱情买单的时候，我们才渐渐穿透宏大的沧桑，理解与怀念那些琐碎的小幸福——那些单纯美好的小幸福，那些让人泪流满目的小幸福。

原来，爱就是一个人把另一个人的心揉碎的过程。

原来，有些事就跟耳洞一样，不碰它的时候，似乎忘了这里曾经流过血，可戴耳钉的时候，它又会提醒你这里受过伤。

爱，本来就是一件吃力的事，它会耗掉你的青春。但我们依旧苦苦追随，也许盲目，也许疯狂。当时间的河流奔腾不息地走向终结的时候，当多少人徘徊在无望的守候里的时候，我们才心甘情愿地登上了别人的岸。把曾经的那份爱留在心里最妥帖的地方，与现在无关，那份爱只能留在最初的年华里。

就算我们在时间的无涯的荒野里遇上，就算你成为我生命中的底色，就算你是我逃不掉的命运，就算……我也只能让它们化为灰烬沉淀在我的生命的河底，不见日光。

我喜欢那句“来，不要害怕，受过伤，才会长大”，在我眼里，它像一份洁净的爱，温暖了许多人的灵魂，照亮了许多人的眼睛，它像日光，给予我们温暖，以及有关爱情的勇气。

有关爱情的三十三问与有关现实的二十七计让我有一丝的压抑，也让我明白了张小娴在《一个人的月亮》中写下的那段话：“我曾经以为，一个人是寂寞的。今天才了悟，一个人也有一个人的风景。一个人在途上，便能放下所有的牵挂与负担，怀抱着美好却让人心碎的回忆，孤独地走我路。”

欲语泪先流
你知不知道思念一个人的滋味
就像喝了一杯冰冷的水
然后用很长的时间来流成一滴滴热泪
你知不知道寂寞的滋味
寂寞是因为思念谁
你知不知道痛苦的滋味
痛苦是想忘记谁
你知不知道忘记一个人的滋味
像欣赏一场残酷的美
然后用很小的声音
告诉自己
要勇敢面对
……

横冲直撞，被误解，被骗，是不是成人的世界背后总有残缺？

芸芸众生的爱情，千姿百态。

就是背负了太多的心愿，流星才会跌得那么重。同样，爱太多，心也有坠毁的时候。

于是太多的人被安排在命运的后台，早早看清美丽故事上演前的纷乱和造作以及美丽故事落幕后的冷清。

然后，在暗夜独自舔伤，等待日光的救赎。

安妮宝贝说：所有真实的感情最终是和一切盛大无关的事。和幽深艰涩的宗教哲学无关。和坚不可摧的道德伦理无关。和瞬息万变的世间万物无关。

然而在爱情的三十三问里，我看到多少与之有关的感情，我不能说他们的感情不够真实，只是让我感觉苍白，无力。

曾经燃烧，那么就让曾经像灰烬一样沉淀在岁月的长河中，直至永远。

佛说：过去种种，比如昨日死。以后种种，比如今日生。

人生最大的幸福是放得下。

是的，受过伤，我们终究成长了。

就像席慕蓉写的，因了他给的那份回忆而心存感激。

随着时光的流逝，虽然我们不会再遇到岩井俊二笔下的有如樱花般淡淡清香的感情。

但我们还能追求细水长流的感情，尽管我们也曾在爱情里受过伤。

相识相知，相知相思，相思相守，相守相痴。

死生契阔，与子相悦；执子之手，与子偕老。

我们不期望爱情像排山倒海的大瀑布，只要细水长流的小幸福。我们一起读着仓央嘉措的诗：来到我的怀里，或者让我住进你的心里，默然相爱，寂静相喜。

然后，我们默然相爱，寂静相喜。

《今生今世》读后感

胡兰成——今生今世。

对于《今生今世》，有人说“看胡兰成如何将他的滥情写成深情。”

好奇，让我暂时摒弃了厌恶，于是我打开了这本书。

我不喜欢胡兰成，不管是看这本书之前还是之后。但凡喜欢张爱玲的人或稍有点爱国之心的人都不会喜欢这位所谓的“才子”。

只是，他是张爱玲于千万人之中所要遇见的人，“于千万年之中，时间无涯的荒野里，没有早一步也没有晚一步，刚巧赶上了”。

她是美丽苍凉的，她的爱情于她亦是如此。

后来，她决意归诸遗忘。

撇开那些纷杂的成见，假意我初读这个人。他的性格，他的气质，都透着淡淡书卷气，温文尔雅。

只是，污点不易消散。因为历史，因为罪恶。

为什么他每到一个地方就会产生一段新的感情？为什么他把他的滥情写得如此理所当然？为什么他把他的叛逆写得那么正义？

难道，我所信仰的文字只是用来伪装与粉饰的工具？

此书之序有这样一句：“我读《今生今世》，觉得天花乱坠，却也戛戛独造；轻浮如云，而又深切入骨。”

这样透彻的评论语言我学不来也写不出，只觉精辟。

诚然，此书有其价值所在。其中写张爱玲的部分是张学研究的重要素材。比如，我曾读过的《张爱玲画传》，就从此书中取材过。

“见了他，她变得很低很低，低到尘埃里，但她的心里是欢喜的，从尘埃里开出花来。”

别人的爱情，我们永远不明所以。更何况是她的爱情。

尽管我们痛心疾首，但他终究是她的解人。

他懂她，说她“好像小孩”，这样宠溺的字眼让人感觉温暖。“使人初看她诸般不顺眼，她决不迎合你，你要迎合她也休想”，“一钱如命”，“从不牵愁惹恨”……

他笔下有关她的种种都让人有种愕然的惊叹，他把她看得那么透彻，那么她呢？

“爱玲是像陌上桑里的秦罗敷，雨林郎里的胡姬，不论对方怎样的动人，她亦只是好意，而不用情”。她如此的清朗，又如此理性。但是——

“我们虽结了婚，亦仍像是没有结过婚。我不肯使她的生活有一点因我之故而改变。两人怎样亦做不像夫妻的样子，却依然一个是金童，一个是玉女。”他为何不好好守护这个独立世外的女人的感情？那么高傲的一个女子其实也是对“死生契阔，与子相悦；执子之手，与子偕老”虔诚不已。

张爱玲，这个传奇的女子，空灵得似乎不食人间烟火，可她又那么热爱世俗。捉摸不定，让人不安。

胡兰成，这个用情浮泛的男子，因为他懂她，容她，至此都已在她的生命底色中投下阴影，他是她逃不过的宿命。世事沧桑，都留下了痕迹。

只是，他们的曾经，已是过往烟云，他相对于她，是爱，那么，她相对于他是什么？

假如张爱玲同其他女子那般平凡，没有出色文笔，没有对文字的灵敏嗅觉，没有名声大噪，他还会开辟一个大的章节，融入众多笔墨来祭奠他们逝去的爱情吗？我们不得而知。

我们站在时光的尾巴上审视这段爱情，有太多难言的触动与感叹。这个世界，有太多的感情无法用世俗来丈量，于是，有太多的人成了看客，唏嘘不已。

今生今世，绵延过来的阡陌，有我们割舍不得的牵挂。

《妞妞——一个父亲的札记》读后感

“在西皮罗斯的悬崖上，耸立着一位母亲的石像。她全身僵硬，没有生命，唯有那双呆滞的眼睛淌着永不干枯的泪水。这是尼俄柏在哭她惨遭杀害的儿女。”

——尼俄柏之泪·题记

有一种爱流淌在时空之外，不因时间的打磨而褪色；有一种爱千回百转，却只能停留在记忆之中；有一种爱平淡如水，却让人如饮甘饴。还有一种爱就像呼吸一样自然，不爱就会窒息。

读完这本连作者自己都无法归类的书，只感觉各种感情扑面而来，有点措手不及。我不想让这种“措手不及”戛然而止，所以急于想向别人分享自己的感觉。

始终觉得书中每个角落都充斥着作者沉郁的父爱，把他对妞妞的感情描写得淋漓尽致。让我对妞妞心生羡慕，羡慕她有这样感情细腻的父亲。可以说，她短短 18 个月的生命，因了这近乎沉重的爱，已然没什么遗憾了，这样的爱足够她在另一个时空永久的回味。而作者的爱，让我想到席慕容曾写过的话：“每个人的出现都一定有他的理由，有不得不相信的安排的。也许，一生就只是为了某一个特定的刹那而已。”也许，妞妞，就是作者此生特定的刹那。

佛说，前世的五百次回眸，换来今生的擦肩而过。作者的前世该是浇灌了怎样的心血、投入了怎样的虔诚、重复了怎样的跪拜，才换来了此生与之短短 18 个月的相处。可喜的是，这 18 个月，让他坚信自己与妞妞终会再遇，而妞妞“来这世上匆匆一行”，也许“只是为了认一认爸爸，为那永恒的相聚未雨绸缪”。这 18 个月，给作者的心挖了一个角落，他知道这角落“是超越时间的”，他“能在那里与妞妞见面”。作者还知道，他“前方有一片天地”，“它也是超越于时间的”，他“将在那里与妞妞会合”。作者的妞妞永远停留在她的一岁半，她生活在时空之外，所以作者的爱也随之来到时空之外。与此同时，他并未沉湎于苦难，而是继续向前。

这本书给我的震撼，除却沉郁的、血浓与水的亲情之爱，还有更为深层的是作者对于悲剧的思考。

曾有一篇文章说：“悲剧的实质是：在最终的结局面前，人类的一切努力既显得不可一世，有挑战的意味；又显得毫无意义，终归要沉寂。”悲壮，苍凉。这样的人生存在是否有意义？我一直被困扰着。

周国平在新写的自序中对那些流泪的读者说“请不要为书中讲述的十多年前某个小家庭的悲情故事流泪了”。我想流泪的人肯定还会继续存在，因为我们始终是会被悲剧碰痛的凡夫俗子，能流泪，说明我们的心还敏感。作为一个感性的普通人，断然不会有哲学家那般理性的思考。始终不能跳出尘世的视角来俯视整个人类的悲剧，不能悲悯，不能博爱。只能在有限的生命中实现小我的理想。

文章中平常亲情的描写与悲凉境地形成了一种独特的张力，从而构成了一个来自平常生活却指向人类终极命题的文学思考。我想其中给读者的启示就是本书的价值所在。悲剧依然存在，不会因个人的力量有所改变、或因个人的悲痛而止步。但关键是我们该以怎样的目光来审视悲剧，以怎样的心态来迎接悲凉。

我，相对于整个人类，微如毫毛，摇如浮萍。面对悲剧，我依旧会为之痛，只是痛的同时或过后，我会好好珍惜所有。品味人类一切之美好感情。比如会细腻地去发现父亲不擅表达的父爱。

擦干尼俄柏之泪。

珍惜所有，哪怕是伤痛。

因为，能活着，是如此美好。

文学的审美意识形态属性的表现

——从《寻觅中华》谈起

说起余秋雨，必会想起《文化苦旅》《千年一叹》《行者无疆》等等著作，比较惭愧的是，我只认真读过并且读完了《寻觅中华》。

对于余秋雨这位文化大师，我只能持观望态度。他本身就存在着争议。一方面，一些人将他当成时代文化的代言人顶礼膜拜；另一方面，一些人对他的攻击批判不断，比如余杰所写的《余秋雨，你为何不忏悔》。

炒作也好，吹捧也好，这些并不妨碍我认真品读《寻觅中华》，在这里，我撇开余秋雨这位作者本身，只是纯粹来赏析《寻觅中华》。

每本书都有自己的气味，而我就是被这本书的气味所吸引。

联系书本，我们得知，文学的审美意识形态属性表现在，文学成为具有无功利性、形象性、情感性的话语性与社会权力结构之间的多重关联域，其直接的无功利性、形象性、情感性总是与深层的功利性、理性、和认识性等交织在一起。

（一）无功利与功利

从目的看，文学的审美意识形态属性表现在，文学不带有直接功利目的，既是无功利的，但这种无功利本身也隐含有某种功利意图。

文学的这种无功利性集中体现在作家的创作活动和读者的阅读过程中。

作者在总序中写道："终于，我触摸到了中华大家庭的很多秘密，远比想象的精彩。这当然不能独享，我决定把自己阅读和旅行的感受写成文章，告诉同胞，因为他们都为中华文化承担过悲欢荣辱……用最感性的'宏伟叙事'来与广大读者对话，建构一种双向交流的大文学。"

而这种双向交流的大文学确实受到读者的欢迎，用白先勇先生的话来说，是作者碰到了中华文化的基因，那是一种文化 DNA，融化在每个中国人的血液中。大家读余秋雨的书，也就是读自己。

我想这些文字都说明了文学的直接无功利性。余秋雨独自寻觅中华文化的身影，探访远方故宅，摸索中华文化的组码，自觉不能独享，于是纯粹地进行创作，为这个民族文化的过往与记忆做一个见证。而我们读者因为"为文化承担过悲欢荣辱"，所以才能保持无功利目的进入文学的审美世界。

但是，文学的无功利性"背后"又总是存在着某种功利。文学直接地是无功利的，但间接地或内在地却又隐伏着某种功利性。

《寻觅中华》，系统地表述了作者从灾难时期开始一步步寻觅出来的中华文化史。这其间有着深刻的社会功利性。任何一部真正的历史，起点总是一堆又一堆的资料，终点则是一代又一代人的感悟。这是一个人心中的中华文化史。也将成为我们这些读者心中的中华文化史，成为所有华夏儿女割舍不得的牵挂。所以，文学隐伏着我们审美地掌握世界的深层目的。

如此，文学是无功利的，但这种无功利又间接地指向某种功利。确切地说，无功利性是直接的，功利性是间接的，直接的无功利性总是实现间接功利性的手段。这一点正从目的层面显示了文学的审美意识形态属性。

（二）形象与理性

从方式看，文学的审美意识形态属性表现在，文学处处以形象感人，但也含某种理性。形象，这里指艺术形象，即由文学的文本结构所呈现的富于意义的审美感性形态，它是文学的特有存在方式。

在《寻觅中华》中，所讨论的多半是为我们所熟悉，或者是我们自以为熟悉的历史片段，但是，文中总能给出我们许多以“熟悉”之外的东西，让人喟叹于自己的“熟悉”不过是人云亦云的一种表象而已。

譬如在《猜测黄帝》一文中，黄帝与炎帝，华夏文明的两位主要原创者，我们的两位杰出祖先，成为战争中的对手。与人们认识活动中的感性形象不同，审美形象既具有感性特征，同时又渗透想象、虚构或情感等精神过程。作者把镜头拉近，五千年前的战争就这么走来，我们仿佛看到战场上的鲜血，作为炎黄子孙的我们的确感到某种尴尬。

文学的艺术形象本身就蕴含着某种理性。黑格尔说世上最深刻的悲剧冲突，双方不存在对错，只是两个都有充分理由的片面撞到了一起。双方都很伟大和高尚，但各自为了自己的伟大和高尚，又都无法后退。

由此我们对黄帝与炎帝的冲突产生的必然性有了理性层面的理解，而不是纯粹地感情层面的扼腕与叹息。

总之，文学直接的是形象的，但在深层又具有某种理性。这是文学的审美意识形态属性在表现方式层面的显现。

（三）情感与认识

文学的审美意识形态属性表现在，文学富于情感性，但也带有某种认识性。

情感，这里指审美情感，是凝聚在审美形象中的主体态度，如好恶、喜怒、肯定与否定、斥责与赞美、欢乐与痛苦等。审美情感往往是一种超越个人利害得失而具有人类普遍性的情感。同时，审美情感已不只是单纯情感，而是情感的形式或形式的情感。

在《寻觅中华》中，我们追溯到遥远的五千年前，然后一步步沿路走来，跋山涉水，千姿百态。有关甲骨文，有关佛教，有关中华文化过往的种种都是我们值得骄傲的资本以及它曾有过的苦难也是我们不忍忘却的血泪。

纵观世界，中华文化的源远流长无人能比，作为这高贵文化的传承者与继承者，我们易于骄傲，易于偏激。我们希望“它能够与全球文明亲切相触，偶尔闪现一点几千年积累的高贵”。这是我们身为华夏儿女的超越个人感情的普遍性感情。

但是，作者认为：中华文化“应该承担一点时间所交给的义务。时间交给的义务，即是一种聚集，又是一种淘洗。”最后理智地说出了一个意念：“足以感动全人类的大爱和至善。这样，中华文化也就成了人类诗意生存、和谐生存的积极参与者。”

文学通过艺术形象表现作者的主观评价态度，同时也表达其客观理智认识。

审美情感与理智认识的关系必须在：审美情感是直接的而理智认识是间接的。直接的审美情感在深层往往隐伏着间接的理智认识。

以上三方面文学作为审美意识形态，在无功利、形象、情感中隐含着功利、理性和认识。

我心切慕你，如鹿切慕溪水

——《余生，请多指教》读后感

曾经读过很多的爱情故事，有的跌宕起伏，有的曲折离奇，有的肝肠寸断……因为喜欢把自己的情绪带入情节中，所以连带面部表情非常丰富。而读完《余生，请多指教》，我的嘴角一直温暖地上扬。

柏林石匠说，顾魏和林之校是人群中最平凡的身影，他们机缘巧合碰到一起，稀里糊涂成了一对，大部分时间相亲相爱，偶尔相爱相杀，一路走来有矛盾，有困惑，却一直相互依赖、互相扶持。我想，这就是属于他们最简单的，也是最好的人生。

林之校对顾魏说："即使生命再来很多遍，2009 年的那个春天，我依旧会对你一见钟情。"

我们绕了这么一圈才遇到，我比谁都更明白你的重要。字里行间的深情，我能体会到林之校多么庆幸遇到顾魏，顾魏又多么庆幸遇到林之校。否则他们都将"接受他人的牵线，找个合适的人慢慢煨熟，再平淡无奇地进入婚姻"。

还好，我们是因为爱情而结婚。

三分之一个地球的相思。顾魏，我不会告诉你，我是那样想你。

我能想到的最浪漫的事，是与相爱的人一起慢慢变老。

有些人就那样霸道地存在在你的生命里，你能看到的、听到的也只有这一个。弱水三千，只取一瓢饮。这是不需要理由的爱恋。顾魏与林之校相恋四年后进入婚姻。这个世界上，有一个属于我的人，我也属于他。爱人的怀抱，才是心灵宁静的栖息之所。但愿你的心同我一样，一定不会辜负这一番相思情意。愿得一心人，白首不相离。

漫长的岁月中，尽管有些人已经化为一抔黄土，已经触摸不到她的存在，可是依旧会想起她的气息，她的温度，这些不需要刻意记忆的存在已经流淌在血液里，散化不去。有些眷恋超越生死。正如顾魏爷爷奶奶之间的美好。

愿我们老了之后，还像爷爷奶奶那么相爱。

爱情，繁华落尽，洗尽铅华，留下的是什么。是轰轰烈烈，还是温温淡淡，是海枯石烂，还是细水长流。在那埋藏在时间灰烬里的最美故事里，那些真性情的人儿涉水而来，教给我们什么是爱情，什么是最动人的爱情。

感谢是你，林之校。

感谢是你，顾魏。

即使生命再来很多遍，2009 年的那个春天，我依旧会对你一见钟情。

以死殉你，以生赎我

——青春版《牡丹亭》观后感

我以死殉你，你以生赎我。

——题记

梦里，最重要的场景——牡丹亭畔的湖山石边，杜丽娘与柳梦梅私定终身。她遇见了爱情。

于是，她去游园，去寻找见证他们爱情的印记：

那一答可是湖山石边，这一答似牡丹亭畔。嵌雕阑芍药芽儿浅，一丝丝垂杨线，一丢丢榆荚钱。钱儿春甚金钱吊转。

然而：

咳，寻来寻去，都不见了。牡丹亭，芍药阑，怎生这般凄凉冷落，杳无人迹？好不伤心也？

她突然像一个迷路的小孩，她不敢相信，一切只是一场梦而已，不愿相信，一切只是一场独角戏而已。她在梅花树下哭得像小孩。她被突然降临的爱情带来的甜蜜与其骤然离去的残忍，割得体无完肤，内心翻滚：

偶尔间心似缱，梅树边。这般花花草草由人恋，生生世世随人愿，便酸酸楚楚无人怨。待打并香魂一片，阴雨梅天，守的个梅根相见。

情不知所起，一往而深。那遇见的爱情，无处寻觅，那么，该何去何从？

究竟哪个是梦，哪个是现实？

杜丽娘沉默了，至少表面看起来是沉默的。因为她在作茧自缚。既然所处的现实世界束缚着自己，让自己触摸不到爱情，那么只有以死抗争，摆脱控制。

那片沉默之后的爆发是彻骨入髓的激烈。仿佛灵魂的鼓点都随之跳跃。在这场沉默里，世人看到了断崖的坚守，听到了狂风的怒吼，触到了滴水的执着，嗅到了落花的幽柔。一切的一切都是为了伏笔——一场为之死、为之生的爱情。

食指说，我们曾乞丐般地光着脊背走过大地，深知感情风霜雪雨的寒冷和骄阳如火的毒烈，但这将使我们百倍地珍惜过去和未来的每一份温情。杜丽娘与柳梦梅的爱情让我对这句话愈发地理解。

是否还记得化蝶而飞的那两个人？有人说，每只蝴蝶从前都是一朵花的灵魂。梁山伯与祝英台难道就是为了他们的爱情之花化蝶、而后随风翩跹与阳光共舞，忘记了尘世。这样的爱情有着落花的幽柔。

是否还记得那刻在三生石上未完成的缘分，绛珠草为了报答前世的滴露之恩，今生却要用“一生的眼泪偿还于他”。这样的爱情有着滴水的执着。

是不是不朽的爱情都要有不食人间烟火的清灵才能蚀人心骨？是不是荡气回肠的爱情都要有风霜雪雨的寒冷和骄阳如火的毒烈？我不得而知。

对于杜丽娘，那场春暖花开的梦是吞噬她灵与肉的美梦。一场梦，伊人香消玉殒。这场还未到达的爱情是否过于残忍？一旦到达，又该怎样？

看不见的时光在指间流逝。命运安排杜丽娘，死后再遇柳梦梅。

在得到柳梦梅的盟誓“口不心齐，寿随想灭”，杜丽娘垂泪道出自己的前世前因，像潮水回溯的时光将她带回那段痛苦难熬的时光……三年后，柳梦梅惊艳于杜丽娘的美艳，那柔情似水的天籁，那曲款盈盈的莲步，那醉人心脾的一颦一笑，那摄人魂魄的低颔回眸。可是，却不知伊人当日所受之苦。

可以说，杜丽娘与命运赌了一把，倘若知道她是已死之身的柳梦梅，不能接受这样的事实，仓皇而逃，那么，杜丽娘该置身何地？此时的她就像一只风筝，而线的尽头都掌握在柳梦梅的手上，由他决定自己的方向以及去留。

所幸，柳梦梅还是个至情之人。面对为他殉死的杜丽娘，柳梦梅说了一句真诚的话：“你是俺妻，俺也不害怕了。难道便请起你来？怕似水中捞月，空里拈花。”所有的盟誓都落到了实处。

于是，他们寻求石道姑的帮忙。

接着，故事朝着高潮的部分发展过去，开棺，丽娘复活。

至此，杜丽娘因着柳梦梅的救赎而重生了。不知道人们有没有想到这样一个事实，柳梦梅在现实中，可能因为私自挖坟开棺而赔上自己的性命前程。但是他没有犹豫，没让任何力量阻止他，为了杜丽娘，那时的他也可以义无反顾，甚至付出生命。

此时，想起徐志摩所说“我将在茫茫人海中去寻找那唯一的灵魂伴侣，得之我幸，不得我命”，我想，杜丽娘终于做了一次命运的幸运儿，来自爱情，以生救赎的爱情。

生命中有太多不可承受之痛，有了一场绝伦爱情的慰藉，也许会延宕出一种超现实的力量，与悲剧相抗争！

杜、柳二人的爱情魅力或许就在于让古人看到了一份挣脱封建枷锁、颠沛生死的爱情，契合了他们想有而不能或不敢有的幻想；同时，让今人在被理性压榨得快窒息时找到了一丝感性的唯美氧气，给了灵魂一次脱胎换骨的机会。

抵御现实的冲击，爱情才能茁壮成长。抵挡不了，终将烟消云散。我以死殉你，你以生赎我，我们的爱情才找到归宿。

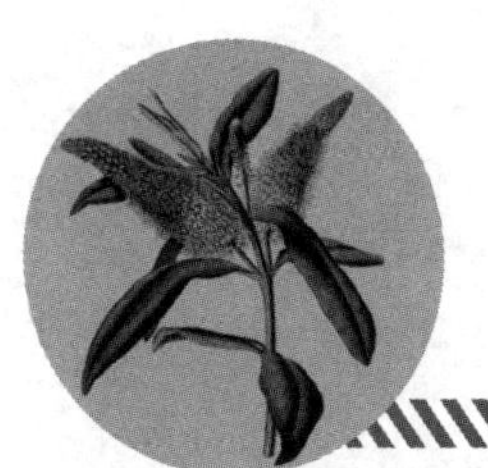

第五辑　言轻语重

笨拙的爱

奶奶今年 88 岁。爷爷去世得早，她一个人辛苦拉扯大两个儿子。劳累了大半辈子，本该是颐养天年的时候，却患上老年痴呆症。

奶奶时而清醒，时而糊涂，过去的记忆几乎都没了。给她做寿时，她却捧着蛋糕问："这是给谁过生日啊？"有时会问我们："我这是在哪里啊？你们是谁啊？"刚跟她说完的话，转眼就会忘了。同一个问题会重复问好几遍。

我好几次看到我爸偷偷抹眼泪，跟我妈说："咱妈怎么那么苦！还没享几天福就得了老年痴呆症！"

大伯跟我爸都很孝顺，两人都想把奶奶接到自己家住，争执不下，就商议说，每家轮流住，半年一换。

这个周末下午，爸妈出去进货还没回。我因为吃坏肚子，往厕所跑了很多趟。我嘱咐奶奶坐在沙发上，乖乖看电视，别乱跑。坐在马桶上听到外面有点声响，我过会儿就高喊："奶奶，奶奶，您在吗？"听到奶奶应了我，我又继续"苦苦作战"。

等我出来，却发现奶奶不在沙发上！我又高喊“奶奶，奶奶”，这次却没人应我，找遍各个房间也没人，我一下子慌了神。厨房里似乎还有点做菜留下的香味，我却没在意。我只知道奶奶“离家出走”了。赶紧打电话给我爸，他那时不时就死机的手机居然停机了！

我换好鞋就往外冲，心里默念，奶奶您千万要等我啊！傍晚时分，天已经黑了，还下着小雨，我更加焦急，老天爷，您要保佑我奶奶啊！走到小区门口，我犯了难，两个方向，我凭直觉就往右走，因为平时陪奶奶散步，走这个方向比较多。我越走越急，始终看不到奶奶的身影，眼看雨越下越大，我急得眼泪在眼里直打转。

正在这时，前面的十字路口围了不少人，似乎发生了交通事故。我的心瞬间提到了嗓子眼。人群中传来一些话语：

“这老人真可怜……”

“是啊，下雨天一个人走，不知道家里人干吗去了！”

“都这么大岁数了，确实不该一个人出来。”

听到这些，我哇的一声就哭了，感觉天都塌下来了。腿就像被钉住了一样，想往前挪却动不了。

就在这时，手机响了。附近的警务站民警让我去认一个老人！

我赶紧挤过人群，原来被好心人围着的老人是一个大爷！转头我就往小区附近的警务站狂奔。

赶到警务站里时，奶奶低头坐在那不说话，像做错事的小孩，右手里抓着一把折叠伞，左手拎着一个塑料袋，里面装着一个小锅，看样子是在家里做的菜。

“这是你奶奶吗？”

“是的，是的！”我用力点头，“你们在哪儿找到她的？”

“你奶奶在小巷摔倒了，是两个女中学生报的警。我们试着和她沟通，但她耳朵似乎不好，完全听不到我们在说什么，而且她说的是外地方言，又含糊不清，我们无法从她口中得到有效信息，就在小巷周围进行走访。好在有个居民说以前见过这个老人。我们根据这位居民提供的地址及疑似信息，很快明确了她的身份。但是你父亲的手机一直处于关机状态。我们经过一番周折，才联系上了你。”

我边听边哭边点头：“奶奶，您跑这儿来干吗呀？”

“吃虾……吃虾……”奶奶露出欣喜的表情。

说起虾，我脑子突然灵光一现，大伯最爱吃虾！对了，这个小巷是往大伯家的方向！

“奶奶，您是不是要给大伯送虾吃啊？”

“吃虾……吃虾……”奶奶点点头。

说话间，接到消息的大伯已经赶到了警务站。

“妈！您怎么进了派出所？！”

“奶奶应该是做好了炒虾，端着锅就给您送过来了。走出来没多远，她就迷了路，加上雨天路滑，就摔倒了。都是我不好，没照顾好奶奶。”

大伯已经是抱孙子的人了，听到奶奶雨夜给自己送菜，一时老泪纵横。抱着奶奶，哭得像个小孩。大伯擦擦眼泪，从奶奶手里接过了虾，一口一个，连虾皮都没吐，这是他的老母亲对他的爱，他要全部吃进心里。

疾病虽然让奶奶变得脆弱，但是内心深处，她依旧深爱着自己的孩子。尽管爱得笨拙，却是她自己的方式。这个世界上，再也没有任何人，可以像父母一样，爱我们如生命。

教授王二

“在大棚内种植果桑，可减少病虫鸟害，阻隔灰尘雾霾，果品质量上与露天比更进一层。我们这是全国独一家。”教授王二正在桑田边神采奕奕地接受电视台的采访。

王二身后的大棚内，桑葚挂满枝头，或粉嫩嫣红，或紫黑油亮，胖嘟嘟，亮晶晶，令人垂涎欲滴，尝一口，满口生津，甜达心头。早春二月的周末，桑葚采摘基地游人如织，个个喜笑颜开。

笑得最灿烂的，当属教授王二的脸。

王二，是我的父亲。身后那片果桑基地，凝聚了他多年的心血。

打我记事起，人们就称呼王二为教授。20 世纪 80 年代，王二开始共育小蚕，他育出来的蚕头数足、发育齐、体质强，场里就聘请他为实习生讲课。不少农户遇到养蚕方面的问题都喜欢找王二，他也乐于为他们排忧解难。王二本不是教授，讲得多了，就成了人们口中的“教授”。

后来随着市场经济的发展，传统蚕种生产模式遭遇诸多挑战，蚕种生产的困难让曾经辉煌的蚕种场变得落寞。

教授王二陷入了思考。直到有一天，我在桑田里吃桑葚吃得满嘴青紫的画面，就像一道闪电，给了王二无限灵感——桑葚营养丰富，属于水果中的新贵。王二打起了桑葚的主意。

十年前，王二带着一帮受他影响的蚕农成立了桑葚采摘基地。已步入中老年阶段的王二，仿佛找到了年轻时讲课的激情。他先后带人奔赴中国农业科学院蚕业研究所和苏州大学，引进了 10 多个果桑品种，经过精心培育和筛选，最终确定种植台湾大十果桑。

在专家技术指导下，经过多番摸索，基地创新推出了“多层大棚覆盖 + 地膜覆土 + 地下电加温”果桑反季节种植模式，通过自主调节，一年四季各个节假日，桑葚均可进入采摘期。

与一般露天种植的果桑不同，大棚内的果桑不是昂首挺胸直立向上，而是弓下身腰，手拉手连成一片，煞是惊艳。特别是三层大棚覆盖和地膜的使用，保证桑葚免受蝇虫和农药污染，让消费者吃得放心。

采摘基地开放这天，许多慕名而来的游客迫不及待摘下一粒品尝，黑的甜，红的酸，各有千秋，瞬间找到童年的记忆。游客们吃得不亦乐乎，直呼不想离开。

“我们桑葚采摘基地还会再进一步扩大，除了大棚果桑，还种植了 40 多亩从台湾引进的优质果桑。这种品种叶子可养蚕，果子可食用，待夏天成熟时亦是一道美丽风景。”王二面对镜头，侃侃而谈。

桑葚采摘基地的名气让落寞的蚕种场重新辉煌起来。王二和桑葚采摘基地蚕农们的名气越来越大，电视台、报社争相采访报道。周边县市的兄弟单位争相邀请王二去授课，并尊称王二为“教授”。

我的父亲王二，终于变成了真正的教授。

爱的位置

年少时，餐桌上菜的位置，是父亲的煞费苦心；懂事后，餐桌上菜的位置，是母亲深藏不泯的柔情。

记得幼时有年夏天，我们一家坐在一起吃午饭，见妈妈面前有一盘我喜欢吃的菜，一下就端到自己面前，父亲“啪”的一声放下筷子，特别严厉地对我吼：“你怎么这么自私，别人面前的菜，因为喜欢就端到自己面前，有没有考虑别人的感受，如果别人也喜欢吃呢！”吼完他又端回原来的位置。我被父亲吼得泪如雨下，心中伤心不已，气鼓鼓地埋头只吃米饭，一口菜都没夹。沉默是对父亲的无声抗议。自那次被父亲吼过之后，我不再“端”别人面前的菜，遇到喜欢的菜，就把胳膊伸得老长。

没几年，饭桌上开始流行放转盘。我不再在饭桌前扮演“长臂猿猴”，而是变成了“转盘大侠”，拼命把我喜欢的菜转到自己面前，刚被转走，又被我转回。父亲朝我瞪了几次眼，我都故意视而不见，等到客人散去，果不其然，没逃过父亲暴风雨般的数落：“客人还在夹菜你就把转盘转走，你让人家吃什么？一点都不懂礼貌！还有刚端上桌的菜，哪怕就放在你的面前，你也要忍住口水，要把菜转到客人面前，等客人吃过你才能吃！”小小年纪的我，不能理解父亲的用心良苦，心里特别委屈：为什么父亲对别人比对我好，难道我不是他亲生的……

再过了几年，时间已把我打造成一个知礼懂礼、学会谦让的大姑娘，每次在餐桌上不会再像一个“长臂猿猴”，更不会像“转盘大侠”，这与父亲的“狮吼”教育有着莫大的关系。

而后我们家搬入新居，餐厅客厅卧室泾渭分明。每次在餐厅吃饭，我都喜欢坐在固定位置，每次餐桌上离我最近的那道菜要么是我爱吃的要么是最新鲜的，而那些剩菜或者是素菜总都摆在父母面前。人是一种多么具有惯性的动物，长期以来，我一直理所当然地享受离我最近的佳肴，从未窥探到餐桌上有关菜的位置的秘密。

直到有天等到我摆放餐桌，端上一盘母亲爱吃的鲫鱼放到她的座位前，我才洞悉这个秘密，那些有意或无意摆放的菜的位置，看似稀松平常，在绵绵时光河流中毫不惹眼，可正是这样不值一提的小事让我们捕捉到父母散落在漫长琐碎生活中的爱。

菜的位置其实就是父母爱的位置，我们定是他们心尖上的第一人。不信，从现在起，你悄悄对比，经过父母摆放后的餐桌上，你面前的菜与你父母面前的菜。

趣说东台话

上大学时，有门课程叫现代汉语，这门课我修得最不好。单是那些纷繁的几大汉语方言区是如何形成的，就把我绕得云里雾里。

记忆中关于我们东台方言的趣事鲜活生动，仿佛就发生在昨天。

片段 1

双胞胎堂弟们上小学时，老师要求造句，8 岁的大双站起来用蹩脚的普通话说："我嗲嗲在田里做无齐。"（意：我爷爷在地里干活）小双也不甘示弱："外面拉雨了，我忙把爬爬凳和披览收回家。"（意：外面下雨了，我赶忙把小凳子和被子收回家。）

片段 2

我小学五年级时转到新学校，教室里闹哄哄，我站在教室最后等待老师安排座位。见我站在桌旁，班主任在教室前面大声问我有没有座位，我也大声回答“么得”（意：没有），然后就听到一整个教室的同学哄笑：“她不会说普通话啊！么得！么得！哈哈哈……”

片段 3

我总是分不清 l 和 n，语文老师一遍又一遍纠正我，要灵活运用舌头和鼻子，我始终听不出区别来。把“刘老师”读成“牛脑师”，把“流水”读成“牛水”，把“牛郎”读成“牛囊”。

后来语文老师给我找了一段绕口令，让我回去好好练习：牛奶奶有个孙子叫牛牛，刘奶奶有个孙子叫流流，牛牛喜欢喝牛奶，流流喜欢吃牛柳，有天牛牛吃了流流的牛柳，流流喝了牛牛的牛奶，牛牛流流打起来了，后来牛奶奶打了流流，刘奶奶打了牛牛，牛牛流流到底谁最牛？

再后来，不管是牛奶奶还是刘奶奶，她们的孙子、牛柳和牛奶都成了我的噩梦。

片段 4

小学毕业后，我到东中上初中。尽管小学后两年在新学校突击训练了普通话，到了市区，我还是时不时蹦跶出东台方言。

我：“我类做块儿桑操仓要子吧！”（意：我们一起去操场上玩耍吧）

同学：“你说什么？”

我：“你过有游子太儿？”（意：你有没有塑料袋？）

同学：“你说什么？”

我：“跟额子的亮一字增亮呢！”（意：今天的月亮真亮啊！）

同学：“你说什么？”

我："大过本子增忒啊！"（意：这个本子真大啊！）

同学："你说什么？"

我："你过晓得哪儿有沓撒儿卖啊？"（意：你知不知道哪里有拖鞋卖？）

同学："你说什么？"

我："思嘎第曩要思嘎洗。"（意：自己的衣服要自己洗。）

同学："你说什么？"

……

市区的同学们，大多从小就被要求讲普通话，到了初中时，普通话已成为他们校园日常用语。而我这个从小在桑树田间摘桑葚、捕菜粉蝶、挖陷阱、烤玉米棒的小镇丫头，时常难改乡音，诸如此类的笑话数不胜数。学校的老师一听我的口音就说这孩子是"海里的"，回家我问我妈，为什么老师们说我是"海里的"，难道我是"海的女儿"？

片段 5

高考后到苏南上大学，同学大多是苏南人，在一片吴侬软语之中，我的苏北方言尤为突出。

刚上大一那年，每每我跟父母通完电话，都有同学一脸新鲜地问我："你刚说的是日语吗？"

而我的发小，在外旅游时，因为通电话讲的家乡话，酒店前台对她笑得特别端庄："Sorry！ Our hotel do not serve foreign customers。"（对不起，我们酒店不接待外宾。）

那些有关东台方言的趣事一件件，一桩桩，尽管过了好多年，却始终津津乐道。

语言学里对语言的定义是，语言是一个地方约定俗成的表达方式，每一种语言的背后，都是一个地方千百年文化、思维的沉淀结果。

方言，是烙在我们身上的印记，是甩不开的风格。那些浑然天成、朴实无华的弥漫着乡野田间泥土气息的方言，是祖先智慧结晶的积累。方言代表的是一种地域文化，是一种文字无法诉说的情结。普通话讲得再好，都不是记忆里的音节。方言才是我们的根本语，这是忘不掉、改不了的记忆。

能说方言的时刻，一定是轻松的时刻，能说方言的地方一定是家乡，能一起说方言的人，肯定是最熟悉的人。像我这种每天都能说东台方言的人是幸福的，可以半步不离地围绕着自己的亲人，可以天天走在父辈生活过的土地上，可以用自成一体的母语交流生活。乡在，乡音在，亲友在，你还要怎样的世界？

大学生了没

亲爱的学弟学妹们：

回望已逝的校园时光，一时竟无从下笔。向我约稿的学弟说，可以写在大学几年中，我的心境、我的得失。我记得，我读过院报许多期的《学长来函》，那时的我，想在前辈的文字里，找到一条能容易走的路。这条路，或许有关学业的成功，或许有关人际的拓展，或许有关人生的哲思。走到现在，我才发现，每个人的路都不同，却都是自己走出来的。

众里寻他千百度，蓦然回首，那人却在灯火阑珊处

我相信每个学子在上大学之前，都曾幻想过自己大学的轮廓以及大学生活的模样。我也相信，想象与现实永远存在着差距。不管现实高于还是低于想象，初入大学的你们都要学会接受。既来之，则安之。你们所遇见的每个人或者事，都有着他们存在的理由，与你们自身存在的理由是相同的。假以时日，你们会感谢存在，感谢命运，感谢相聚。因时

间增长的，不止是年龄，还有你们心中现在还未曾发现的灯火。

衣带渐宽终不悔，为伊消得人憔悴

相对高中，大学的学业是较为轻松的。多出来的时间，可以分给学生会、社团等。等到回首自己的大学生活时，能想到的不是宅在宿舍对着电脑玩游戏或看韩剧，而是你曾在哪里留下了令人难忘的身影。

倘若在某个时间，你爱上阅读以及爱上旅行，我想，你们的人生真的达到了一个新的层次。我们目光所能及的，是一个狭隘的小天地。然而我们在书里，在风景里，滋养着，酝酿着。人们常说，要么阅读，要么旅行，身体和灵魂，必须有一个在路上。旅行的意义在于让人获得一种放大的心境。我们每个个体都有着一定程度的、相对封闭的自我。在旅行的路上，在不同的风俗文化里，我们渐渐明白“不同”与“异地”，渐渐学会“接纳”与“包容”。异地的人与事，不可避免地影响着我们。就在这种影响中，个体的生命格局才一点一点被放大。

锦瑟年华与君度，人生若止于初见

这个世上，唯独亲情，没有让我们耗尽心思去经营，却依然守候着我们。不管我们多么调皮、多么放肆，有的人依然对我们不离不弃。没有人比他们更无条件、更不求回报地爱我们。只有在他们面前，我们才看到不掺杂质的爱的全貌。所以，让他们知晓我们的感激与牵挂，譬如一个简短的电话，譬如一条朴素的短信。

我们总在遇到许多人。因为投缘，因为契机，而造就惺惺相惜。我们组成小圈子、小团体，寻求相同的快乐与兴趣。身边的位置就那么多，有的人走了，有的人又来了；有的人来了，有的人又走了。经过时间筛选，最终留在我们身边的那些人，我们要珍惜，要铭记，要感激。外面的世界固然精彩，少了这些人，终将逊色。因为我们总需要一些人能让我们放下伪装与坚强，该哭则哭，该笑则笑，灵魂与自我才能自由呼吸。

回首向来萧瑟处，归去，也无风雨也无晴

当走到校园生活的尾巴上，当走到青春时光的尾巴上，我们最终要学会的是告别。告别最初的新奇与兴奋，告别紧随其后的平淡与茫然，告别辛苦与忙碌，告别种种与这个校园有关的故事。

这是一个转折，也是一种选择。我们看了那么多人的路，将艳羡与倾慕的目光投向这路上的鲜花与星光。为了获得相同的鲜花与星光，我们亦步亦趋，哪怕摔得头破血流，亦不悔改。到最后才明白，适合自己的路才是最好的，而一旦确定，则坚持到底、永不言弃。让纷扰都尘埃落定，让时光自在蹁跹，大学一路走来的历练，是财富，亦是指引。下一个路口，见。

心如明镜，则情若霜月。

云淡风轻，则陌上花开。

浅笑莞尔，则继续旅途。

军恋这件小事

我的恋爱日记节选

12月22日

冬至，天寒，望添衣
岁末，人乏，盼静养
窗外都是鞭炮声
像过年一样热闹
可正是这种热闹
愈发衬出人的孤独
我有种跑去看他的冲动
但理智不断在说，要忍
既然选择了一个人，就是选择了一种生活方式
我要证明

我的选择是对的

我想你

1月3日

告别南京

在火车站看到离别相拥的小情侣

突然想到自己

内心有点酸涩

别人让我考虑清楚

漫长的分离，会不会消磨掉最初的浪漫与热情

人生也许本就存在不完美

世间多的是深深浅浅的遗憾

愿与你有很多很多的美好回忆

没有告诉你

我心中正默默盘算着的努力

我正在想你

2月17日

无悲又无喜的一天

各自忙碌

我知道从此以后

将有无数个这样的日子

我难过时想要一个拥抱

都成了我们隔着手机屏幕的无能为力

26岁生日，你不在

没了期待

最好的礼物不过是

爱的人坐在一起吃顿饭

仅此而已

我还是想你

3月26日

有个橙子放在抽屉里

一直想着，有空时再吃

今天拿出来时已经坏了

有种过时不候的惋惜

所以能吃的时候好好吃

能爱的时候用力爱

简单的小日子

因为难得，才显得弥足珍贵

拥有时就是幸福

最爱的人在身边

我依然想你

（一）遇到

“虽然和谁在一起迟早都要回归平淡人生，但就好比人总逃不过一死，一生下来就死和活一辈子寿终正寝毕竟不一样。重要的不是千篇一律的始末两端，而是中间欲罢不能的那一段。”

初为人母，翻到身为文艺女青年时写的恋爱日记，忍不住老脸一红。

作为军嫂，“思念”始终是日记里的高频词，那些小心事，脉脉欲诉。

入我相思门，知我相思苦。

《情深深雨蒙蒙》的经典台词：“书桓走的第一天，想他；书桓走的第二天，想他想他；书桓走的第三天，想他想他想他……”曾经感慨过，作为言情教母的琼瑶，怎么会写出这么单调的台词。等到自己陷入军恋，不得不佩服琼瑶，最简单的文字，却深入骨髓地描摹出对恋人的思念。

“我们绕了这么一圈才遇到，我比谁都更明白你的重要。”

我在无数个午后，晾晒与你有关的记忆。

（二）谜之“玫瑰花”

刘先生（我的专属昵称：欧巴），男，190cm，体重飘忽不定，海警。

15 岁初识，25 岁相恋。把我“骗进”军恋这个大坑里，饱受军嫂相思之苦。

跟刘先生恋爱后的第一个情人节快来了，但在还没到来之时，刘先生做了一件让我特别“感动”的事。

2 月 13 日，晚上下班经过值班室时，保安大哥对我挤眉弄眼，一脸意味深长地坏笑。走到单位大厅门口，看到地上一束花，然后躲在柱子后的刘先生出现了。

“你怎么回来啦？！”

“休的年假，陪你过情人节。”

“可是今天才 13 号啊！”

“提前过呗。”

“那你躲在柱子后干吗？”

“害羞。保安看我捧着一束花，问我找谁，我说找王茜，他就一直盯着我看……”

“嗯，虽然明天才是情人节，但能收到花我还是很开心。”

“你开心就好。”

“那你能不能解释一下，这花为什么是月季花？”

“啊？花店老板信誓旦旦说是玫瑰花……”

“……”

（三）始终牵不到的手

恋爱嘛，无非就是吃吃饭，散散步。

俩人第一次散步，绕着三仓河走了一圈都不觉得累。

又不能继续绕着三仓河走第二圈。

可还有说不完的话啊，聊不完的天啊，恨不得把过去分别十年的生活统统说一遍。

于是又去三仓中学里瞎逛。

俩人在操场上逛啊逛，看着教室里埋头苦学上晚自习的学生，就想到当年的我们上东中时，怎么就没早恋呢？好遗憾呐！

外面天寒地冻，俩人始终保持着不近不远一个拳头的距离。

个性耿直的我，吸着鼻涕发问："你不喜欢我吗？"

"喜欢啊！"

"我怎么没发现……"

"哪里不喜欢了？"

"别人谈恋爱不都手牵手吗？我俩怎么像两国领导的亲切会晤。很客套啊！"

"我错了，真的是因为外面太冷了……"

（四）第一次约会之"屁声"

终于赶上两个人都有空的日子，去市区约会吃饭看电影。

开着向外公借来的小车子，温馨的二人世界隔开了窗外的彻骨冰寒。望着不断倒退的路景，心里在不断祷告：时间慢慢过、慢慢过、慢慢过……突然，"噗"的一声，响亮地中断了我的祷告。

如果是一个高情商的人，第一次约会遇到这种问题，该如何妥帖地解决呢？该如何不让对方尴尬呢？该如何若无其事地跳过这个梗呢？

我用余光偷偷瞟了一眼刘先生，见他神态自若，一点难为情都没有。

终于忍不住说了一句低情商的话："你刚刚放了一个屁，挺响的，我都听到了……"

"放屁碍啥事啊？"

"你不觉得尴尬么？"

"这有啥尴尬的……"

"好，以后我也会在你面前勇敢地放屁！"

三毛说过一句话，被很多人拿出来说烂了。作为第一次约会遇到的问题，我忍不住再次拿出来说一说。"爱情如果不落到穿衣、吃饭、睡觉、数钱这些实实在在的生活中去，是不会长久的。"从此我将要在你面前，肆无忌惮地放屁、打嗝、抠鼻屎、掏耳朵。真正的爱情，就是在你面前千般丑模样，却始终不紧张。

（五）时间断层的对话

某次刘先生出航，在海上漂了几天没有信号。

回到码头后，他联系我。

"宝宝，我回来了。"

"这位先生，请注意措辞，谁是你的宝宝？"

"你啊！"

"不好意思，在你出去打倭寇的这几年里，我已经结婚生子了。"

"？？？"

"你以为你只出航几天，其实你们进入了时间断层，都已经好几年过去了。”

“那你离了，我娶你。不然我去你单位上访讨说法。”

“你赢了，我刚刚什么都没说。”

“给你看个东西。”

（刘先生发送图片一张，我一看，乌龟嘛）

“这是人家养的小鳄龟。”

“不对啊，怎么会有壳呢？”

“为什么没壳？”

“鳄鱼难道小时候有壳？”

“我什么时候说它是鳄鱼了？”

“你刚刚不是说这是人家养的小鳄鱼？”

“你回头再看一遍我发的消息。”

那时，我第一次知道，原来这世间有种生物叫鳄龟。

（六）新时代军嫂的宣言

杜拉斯：“爱之于我，不是肌肤之亲，不是一蔬一饭，它是一种不死的欲望，是疲惫生活中的英雄梦想。”

奥黛丽·赫本：“浪漫的爱情比任何事物都能激励我们融洽相处。我们逐渐了解，并暗自希望得到对方的认可。但是最终，我们从爱情中了解最深的还是自己。”

女神们早就教我们如何去理解爱，如何在爱中成长。

军恋，是恋爱的一种，有着世间小情侣间的常态，但却有着比常态更为艰难的等待。微妙的细节就像盐一样点缀着我们无味的人生。

但就像歌里唱的那样，爱对了人，情人节每天都过。

白天它不懂夜的黑，感谢你却懂得我的美。

一生努力，一生被爱。

因了心头万顷清澈的爱意，满腔柔情诉诸笔端。

因为有你，从此爱这世间一切好气象，爱这春天的河山，爱这山间的青岚，爱这岚中的姹紫嫣红。

感谢有你，我的军官欧巴。

最好的告别

壹

四年前，30 岁的表哥因淋巴癌晚期离世。

得知消息时，我坐在办公室忍不住抽泣。

七年前，大学毕业时，50 岁的姨父因车祸离世。

我在医院走道里直掉眼泪。

八年前，69 岁的爷爷因癌症晚期离世。

我在火葬场哭得伤心欲绝。

我一直以为人会活到老得走不动时，老到了无遗憾，了无牵挂，才会离去。

我总以为未来很长，有很多时间用来浪费。总以为“人生苦短”只是佛家劝世语。

人生，是短，最怕短到，与这世界还未好好告别，就匆匆离去，再无回头。

谁都不知道，明天和意外哪个先到来。

贰

上高中时，我的语文老师很有个性，肤白，干净清爽的短发，有感染力，对每个同学都很关心。同学们都很喜欢她，那些不能与人说的小心思都愿意写在周记本里与她分享。

我到现在都记得她曾在课堂上说过的话。她说，我从不把作业本带回家批改，学校的事就得在学校做完，工作归工作，生活归生活。

工作归工作，生活归生活。多简单的十个字，但真正做到的有几人？你敢说，你的微信里有多少工作群在休息日滴滴响个不停？你敢说，在陪家人时你能拒接一切工作来电？就连我当初刚出产房，在病床上躺了还不到两天，就有电话打进，老公替我接的电话，说我刚生完孩子，电话那头的人还非要我给他讲解一个政策，我声音虚弱，对方却迟迟不挂。

我的老师说，只有真正享受好生活，你才能更好地投入工作。那时的我们都似懂非懂。

现在回头看，她热爱生活的样子真美，她对工作游刃有余的样子更美。淡定从容也是一种能力。

叁

我以前当老师时，在武汉培训了一周。同住的姐姐也是江苏人，因此比较亲近。

每天晚上睡前开卧谈会，断断续续地知晓她与她老公轰动一时的师生恋。

她上初中时，她的老公刚大学毕业，教她们班的语文。她是语文课代表。

那些看不见的情愫，在悄然滋生。这不合世俗的恋爱，被视为禁忌。

父母严防死守，校方严重警告，但仍撕不开彼此的吸引。这段非常态的恋爱一直坚守到她大学毕业。

然后，结婚，生子，与我武汉相遇时，他们的儿子已五岁。

这是一段修成正果的师生恋，但也付出代价——她的老公失去教师编制。

你问值不值，可这就是他们选择的人生，他们想要的爱情与婚姻。

肆

王二，我的父亲，每每喝酒有了醉意时，就会说“人生，就是这么一回事”。

我调侃他，人生，究竟是怎么一回事？

自从我有了宝宝之后，王二用行动将“隔代宠”三个字诠释得淋漓尽致。

某天，我午睡迷迷糊糊醒来，发现他站在床边满脸爱意地看着我身旁的女儿，嘴恨不得咧到耳朵根……某天，他到我家来，从进门到离开，一直在逗我的女儿，全程无视我的存在……

我问他，为什么我小时候就不像我女儿这么惹他疼爱呢？

他说，爸老了。

简单的三个字，竟让我莫名听出了酸意。你开心就好。

人到中年的心境，与一个青年的心境，怎会相通呢。

随着年岁增长，经历了生离死别，我渐渐理解王二名言里的淡淡失意与对生命的达观。

伍

我老公的外公，是一个文人，说他琴棋书画样样精通也不为过。

今年72岁的外公，类风湿关节炎，不宜久坐，不宜受寒。偏偏他痴迷于钓鱼。河边潮湿，寒气靡靡。外婆为此劝说阻止多次，甚至为此吵架多次。

他说，人生最幸福的时光，就是在河边钓鱼，如果连这点爱好都被剥夺，人活着还有什么意思。

手执鱼竿，静坐河边，看日落黄昏，看云舒云卷，看淡去的匆匆岁月，也听风雨也听晴。

陆

小时候，我家隔壁的隔壁，住着一个独居老人丁爷爷。据说他年轻时丧偶，未再娶，一个人就这么生活了很多年。

我们一群小朋友，最喜欢去丁爷爷家玩，有糖吃，有电视看，总是那么不客气地把丁爷爷家当自己家。

每次去丁爷爷家，他都在修鞋补鞋。场里的人，只要谁家的鞋坏了，都会请丁爷爷帮忙。

从我记事起，丁爷爷就在修鞋，一直到他老去，是真正的老去，享年九十二岁，没有病痛。

场里每家都自发“上纸”(即送纸钱)，因为丁爷爷免费为大家修了这么多年的鞋，每家人都记得他的好。

一针一线的光阴里，是一个老人的无欲无求。或许这也是一种修行。

柒

曾经我初入职场，作为职场菜鸟，莽莽撞撞，有委屈有失意。

我在象牙塔里被熏陶的文艺心灵，一点点被世俗瓦解，被职场规则打磨抛光。

遇见小人作为，会义愤填膺，遇见不公平现象，会拍案而起。

几年后，我当了妈妈，在经历了极致的生产之痛之后，我的心境被刷新。

我的那些复杂曲折的情绪，都是自我解读的不宽广。就像一个石子砸入大海，海面也无动于衷，这就是海的大格局。

“路要自己一步一步走，苦要自己一口一口吃，抽筋扒皮才能脱胎换骨。除此之外，没有捷径。”

工作，也是生命的一部分。我在力求实现自我情绪的平衡，工作与生活的平衡，理想与现实的平衡。

在工作中找到自我价值感和归属感，在生活中创造更多诗意与远方，这一生平安顺遂到老，这是现阶段的我，所追求的自我认为最好的生命形式。

捌

未知生，焉知死。

我们每个人，最终都会指向死亡的大结局。我们度过的每一天，都是生命的倒数，都是在与这世界慢慢告别。只不过每个人告别的方式不同，所信守的价值不同。

我们在别人的笑声中来到世界，又在别人的泪水中离去，始末两端无从选择，重要的是中间那段的欲罢不能。在生命不断倒数的过程中，寻寻觅觅，找寻属于自己的、独一无二的、最好的告别。

每个人对生命的理解和感悟迥异，所以生活的模样千姿百态，你看，有的人在努力保证生活的品质，有的人在追求疯狂的爱情，有的人在含饴弄孙享天伦之乐，有的人在寄托他物与天地共思，有的人在默默奉献滴水石穿 ...... 我们不能点评哪种生活方式更有趣，哪种告别仪式更高级。就像每朵花都有自己花开的模样，每种生命告别都有自己的意义。

王小波说：一个人只拥有此生此世是不够的，他还应该拥有诗意的世界。

你把日子过成了诗，你妥帖地打理生活，安放心灵，与生命和解，你在未来了无遗憾，这就是最好的告别。

我的间隔月

看完泰国电影《你好，陌生人》。影片讲述了一对去韩国旅游的陌生男女，因为机缘巧合，两人相遇相识，而到后来快相恋时，却又因男主角的前女友出现而分离。但是我们终要相信，一般不是悲剧的电影结局都会是好的，不管是直接表明还是间接暗示，都指向一个明朗的未来。经历了揪心过程的观众，也终于破涕为笑。

影片男女主人公算不上帅男靓女，但这种外貌的平凡却拉近了与平常生活的距离。这不是白马王子和灰姑娘的故事，也不是骑士与公主的故事，只是可能在生活中上演的邂逅。因为有可能，所以才有所期待。

记得有个相册的标题文字是：去旅行，让故事发生在路上。这是很有蛊惑力的一句话，也是我很期待的事。

我总认为，旅行，是生活中最浪漫的事。也许旅途会很辛苦，也许会发生一点小意外，但这些都是值得的。

当我们走过那些路，遇到过那些人，品尝过那些美食，这些之后，似乎就没了，可是它们留在我们的记忆里，这些独一无二的体验是别人怎么抢都抢不走的东西，至此一生，唯你所有。

倘若真有命数，每个人的生命都只那么长。面对定好的生命长度，既然延伸不了长度，那就挖掘深度。

间隔年，是西方国家的青年在升学或者毕业之后工作之前，做一次长期的旅行，让学生在步入社会之前体验与自己生活的社会环境不同的生活方式。期间，学生离开自己国家旅行，通常也适当做一些与自己专业相关的工作或者一些非政府组织的志愿者工作。

国外有个间隔年，我弄了一个不太正规的间隔月。毕业后的一个月，我出去旅游了一段时间。

真心羡慕古人可以快意行走江湖。天为盖，地为铺，有武功，会轻功，来去潇洒自由。真想知道那是怎样的人生。

对于这次旅游，爸妈持强烈不赞同的态度。我妈表现得尤为明显。她对于我此番行程，进行了十足夸张的想象。比如有人在我的水里下药，比如有人抢我包，比如有人绑架我……

火车一路行驶，居然在几个小时内看到不同的天气。

一处骄阳炎炎，一处狂风暴雨。

东边日出西边雨，道是无晴却有晴。

就好像在人这一生中，有晴天有雨天，有成有败，有笑有泪。人生不能始终保持同一个状态。

毕业季，有的人一别也许再也不可见。

沿路看到许多由砖头砌成的房子。一些单独的小砖房的四周被大树包围着，而大树的周围则是一大片一大片的土地。我试图揣测砖房主人的生活。似乎充满遗世独立和简单到极致的意味。也看到收割过后的土地，掩不住的沧桑之感。也看到长满结实绿色植被的土地。也看到一处充满个性颜色的房屋上写着大大的“I LOVE YOU”。

沿途看到风雨和阳光，看到简单和繁华，看到传统与现代。世界不可能是一种模样，就同人生一样。

当夜色降临，窗外除了黑暗还是黑暗，已无法再从窗外撷取风景。

车厢内，人声嘈杂。许是正值暑假，车厢内的小孩颇多，个个顽皮淘气贪吃。有一个小屁孩喜欢考验大人的智商，只是他的问题都是围绕男人和女人。比如“一个男人和一个女人相加等于几？”“一个男人和一个女人吵架，为什么和好了？”“一个男人偷看一个女人洗澡，这叫什么？”小屁孩的问题让周围人哈哈大笑，小脑袋瓜里在想些什么呢？小孩的爸爸无奈地说，小孩在学校就是吹牛大王。

有些记忆似乎渐渐遥远，仿佛自己一瞬间就长大成人，这种感觉太过不可思议。会不会有一天，我再回首时，已是白发苍苍，感喟时间流逝得触目惊心的同时，却怎么也记不起我 23 岁这年夏天的伤感与迷茫？

六月，将我的心情挖了一个巨大的坑洞。我似乎认命地接受——人世间有太多事，都难以抵挡抗拒。譬如生离，譬如死别，譬如失败，譬如失去。

生离。大学里，我看过各个学院多场毕业生晚会，曾在别人的毕业季眼泪里，看到自己毕业季的神伤。不管做了多少心理准备，仍在离校的那一日，结结实实地流了许多眼泪，甚至为大学校园里的一草一木，一猫一狗。我的青春，我的回忆，被时间点燃之后，似乎化成灰烬，流散在这个校园的每个角落，再也无法切切实实地感受与触摸，它们是什么形状和颜色，也许到后来，连我自己都不知道了。

死别。姨父的意外，让我惊骇地发现，飞来横祸是真实存在的，不止出现在电视剧、小说中。医院成为我最怕去的地方，药水的刺鼻味道，家属的世情百态，都变成一根根针，尖锐地刺在我的心头。我再次体会到，当一个人彻彻底底地离开这个世界之后，有关他的记忆会突然鲜明地涌现在我的脑海之中。于是更为深刻地明白死别，这种体会与明白，带来的是深入骨髓的痛苦。

失败。事业单位招聘考试，笔试第一顺利入围。面试投入了十足精力，最终却功亏一篑。付出之后得不到回报的感觉，实在太糟，尽管这是人生的常态。我未给自己留退路，因而失败之后无处可去，终像迷路的羔羊，在等待救赎。更确切地，是自我救赎。因为很少有人能够沉默着懂得我的委屈，甚至我自己都不能。

失去。得到就是失去的开始。我失去了一个李大仁式的朋友。但我其实理智地明白，偶像剧终究不是现实生活。我再也不敢活在我的想象和自以为是当中。我在等待外面的天空开始明亮的过程，因为黑夜终将过去，我相信。

也许是因为进入夜晚，气温骤降，我本是为了防蚊虫穿的牛仔裤、帆布鞋在漫长的夜晚发挥了巨大的作用。只是上身穿的是短袖，终是无奈地在冷气十足的火车上坐了一夜。纵观整个车厢的人，有经验的早就备好了一件厚外套，像我这种没经验的都使劲将行李包搂在怀里，瑟瑟发抖。坐在我对面的女孩，也是刚大学毕业来西安旅游。中午刚上车时，仅穿着一条裙子的她还觉得我穿得太多，到了晚上，没带外套的她将报纸裹在身上。我不得不感叹，行为艺术啊！只是她的牙龈终是冻肿了。

凌晨三点，一将T恤倒穿在胳膊上的中年男子，终忍不住愤怒，骂了一句“妈的，真他妈跟个冰柜似的！”扫视一圈深受冷气之苦的人们，我心里忍不住地赞同：“这位兄台，您这比喻真到位啊！”

众人皆因冷气太强无法入眠，每个人的脸都好似被人打过一般萎靡不振。这一刻我却傻乎乎地在想，原来每个人都一样，都是小凡人，都无法掩饰寒冷、缺眠带来的痕迹。我对自己的这点小认知竟感到一丝安慰——众生平等。多么平和的认知。当然这种平等是建立在面临的环境相同的基础上。于是坦然地接受命运中的苦难与波折，因为众生平等。

天气预报果然是不准的。同行的女孩说，西安在未来几天是阴雨天气。只是我看到的仍是骄阳似火。

西安天亮的时间似乎比江苏的城市晚一个小时，于是乎，到了晚上六点，在这个城市还能见到阳光。

网上搜索到，西安北院门的回民街是一条小吃街。为了体验一把夜市，坐在距离较近的麦当劳里等时间走过。

西安，世界四大文明古都之一，容纳了诸多现代文明和外来文化。诚如我所坐的麦当劳，在全国各个较为发达的城市都可寻见。它们是国外企业进军中国市场的代表之一。我在麦当劳里看着人群发呆，古都的人民同样热爱麦当劳。

人群来往不息，有各个年龄段的人，还有着不同肤色的外国人。这种场景与我在苏州的KFC、麦当劳里所见，并无不同。我开始觉得，也许，生活，在各个地方都是一样的，都需要吃喝拉撒和衣食住行。因为生活在同一个时代，居住在古都的人们不会走复古路线，他们与我们在同一片时空下，而历史未必离他们更近。

夜色下，钟楼与鼓楼灯火通明，曾有人跟我说，长安的灯火已非汉唐的蜡烛，同样地放着光亮，事实上却是在电流的支撑下才生光。当我真真正正地站在长安的面前，终于深切地理解了这句话的含义。

《云中歌》是我很喜欢却又十足地让我难过到不敢再看第二遍的小说。故事的背景，就是长安。爱屋及乌，长安在我眼里，似乎因此更添了一成魅力。我喜欢那些古城墙，我在极力寻找汉唐的风韵。只是如今的人们，身着现代服装，哪里有满街的汉服可寻觅，恐怕只有去影视基地才能满足自己这般恋古的情怀。

许是因为看过苏州金鸡湖的音乐喷泉。两相比较，觉得苏州的更胜一筹。当然，也许是因为地缘上的亲近造成了这种认知。

在音乐喷泉表演的过程之中、结束之后，我竟时不时地发呆，沉默着想念一些人，他们在江苏省，在我的家乡、在我大学所在的城市。

人就是这么矛盾的动物，当自己身在一地，就念着另外一处，等到了这一处，又想着那一地。是贪图新鲜还是天性不安分？直到年老时才特别老实地在自家门前或阳台上晒太阳，心内安定到哪里都不想去。但我相信，无论外面的世界多么精彩，都比不上血缘造就的那个地方。我们需要出去看一看，将一些感情拉得远些，才更看得清自己心底深沉的爱，对家乡、对亲人、对朋友。在异地他乡，玩得开心时，会想到他们，决定等到某日要与他们分享这般愉快的经历。在陌生的城市，安静下来时，会更想他们，曾经与之有关的点滴都汹涌地出现在眼前，并决定再相见时定要热情相待。于是，当我的思念涌现时，我写了一些明信片，想让它们替我告诉他们，当我在这个遥远的城市旅游时，在想念他们，并更为强烈地期望他们的生活多姿多彩，幸福不是空话。我希望他们能够理解，这一张张薄薄的明信片，所承载的厚实意义。我迫不及待地让明信片带着我的思念和祝福先飞向他们，它们在时间上，也许在我之后才到达，但在意义上，绝对先于我。

在西安发现两个较为有趣的现象：第一，在西安很少看到硬币，据说在北方纸币较为值钱，因而我看到了不多见的五毛纸币。第二，西安的的士居然会拒载。并且拒载的的士很多，拒载的情况甚至发生在你还未来得及报上所要去的目的地。不可思议。

西安火车站有点出乎我的想象，让我恍然以为在二十世纪的站台，倒不是它古老传统，而是有些简陋破败。与苏州、上海、南京这些城市的火车站的差距甚大。我百思不得其解，西安是个游客流量非常大的城市，为何没有重视这一部分的建设。

从西安到平遥的火车，乘客非常多，用同学的话说，都可以被挤成肉夹馍了……在检票通道，队伍非常拥挤，前面的人被后面的人推着往前涌，场面激烈到连票都没检，人就被挤进去了。好不容易穿过人墙，坐在座位上，稍喘了口气准备入睡。无座的人很多，总之，我的感官所感受到的是非常非常多的人。想起之前同行的女生安慰我说，这还算好的，不像在印度坐火车，人多到外挂在火车上。我想象那画面忍不住笑出声来，却又觉得好无奈，为何会有这么这么多的人。

早晨醒来时，看到窗外大片的黄土高原，内心一阵激动。眼睛有些胀痛但仍坚持着瞪大眼睛将这些画面记在心里。我很想知道住在山上的人家，过着怎样的日子，离现代文明是否遥远？我不得而知。我坐在火车上从他们的面前驶过，也许这种经历，此生我只有这么一次。而后，他们仍继续过他们的生活，我也继续折腾自己的人生，在同一个时代，共同走向未知。

火车停在平遥，看到四个外国人同样下了车，内心有点激动。原来平遥古城的魅力已走向世界，而我之前竟肤浅地未有听闻平遥二字，这让我相当汗颜。

当看到古城墙，历史感扑面而来。此刻，我坐在古城墙下的石凳上感受一种与世隔绝、恍若隔世、时空错乱之感。

居住在其中的居民，他们的祖先在明清时就生活在这里，他们现在想给游客呈现的，就是他们的祖先曾是怎样生活着。

最吸引游人注意的：一是身着清朝服装的衙门钦差巡街，二是林家大小姐抛绣球招亲。当然，这都是表演，却十足地让人们感受了一把新鲜，争相拍照。

平遥古城内，店铺林立，不难想象，绝大多数是后来为了吸引游客，为了经济利益而后设的。平遥古城同其他旅游景点一样多了一些商业气息，这似乎是在市场经济下难以避免的事情。夜色下的平遥古城，被各色灯具装饰得灯火辉煌。假如将这灯具换成灯火，将我们的服饰换成清时衣着，那该是种多浪漫迷离的景象。

我心中的某个角落始终欠缺了什么，只因了这般不着边际的想象无法实现。

我一直处于口干的状态，喝了很多水。初以为是流汗太多，后来才得知山西本身就干，我所处的平遥亦是个水资源不丰富的地方，而且此处的水，是偏咸的。我不得不承认，我所生活的江苏是一个自然环境、生活条件多好的大省。

古城内有很多观光点，门票 150 元，凭学生证打半折，可惜我毕业时，学校就将学生证收回。现在才发现，做一个学生有多被照顾着。

我记得在华北第一镖局博物馆里。我见到一对中年夫妇。起先并未在意这男子，只是导游讲解时，都要用类比手法多给他讲一次。比如讲到押镖车时，会告诉他，这车相对于现在的货车。他的老婆也非常耐心地跟他讲解各种食物。直到下一段非常窄的楼梯时，我才看到，他是一个盲人。他将手搭在老婆的肩上。在下那段窄楼梯时，两人的速度竟比我还快，我不得不佩服他们的默契配合。我相信，他们定是经常如此才会这么顺利前行。她是他的眼。她告诉他，她所看到的风景。我不知道他们一起走过多少地方，但真的非常为之感动。

曾在偶像剧中看到的，一个人想做恋人的双眼，带他（她）行走，并且一直陪在他（她）身边。原来，这种浪漫与伟大在现实中会真实上演。这一对看起来很普通的夫妻，让我真实感受到相濡以沫的爱情亲情。茫茫人海中，只要有一个人，与你携手到老，不论艰难困苦，都不离不弃，该是一种怎样的幸福与满足。在这个物欲横流的时代，多少爱情、婚姻都在讲物质条件，已然让我们快忘记爱情本来就该是纯粹简单的。

愿得一心人，白首不相离，仍是此生让我仰望追求的梦想。得之，足矣。

又是一夜的火车，又在一段漫长的时间里消磨时间，除了睡觉，就是望着窗外尽情发呆。

小时候，总听说别人家的小孩去过北京天安门。羡慕，渴望，那成了我记忆中的神秘向往。当成年后，自己一人来到北京天安门，内心竟平静得出奇。可惜连续两晚在火车上过夜，十分疲惫，已无法坚持起大早看升国旗了。有些事情留个遗憾也好。

晚上到王府井大街吃小吃。场景与苏州观前街的美食节相似。只不过这里的价钱贵些，国际友人多些。在一个卖熊猫玩偶的摊前，几个韩国大男孩用蹩脚的中文与老板娘讨价还价，听起来特别搞笑。我因为好奇特地朝他们的脸上看去，眼睛长得果然很韩国。我在人群中艰难地向前挪步，无意间想起与室友去苏州观前美食节的情景。说实话，我始终觉得，这些小吃只是占了地理优势。我一直坚信，真正的民间美食是要去寻的，而不是就这样招摇直白地以一种夸张的方式直扑你面前。其中还有昆虫宴，蝎子串、小蛇串……真是倒足了胃口。我更想念南方小巷中小吃的精致。

北京的夜景，北京的高楼大厦，这个夏天北京的夜晚，终于真实地站在我面前。我紧锁的心头似乎正一点一点地打开。尽管在北京这个大城市生存的压力很大，但仍有那么多人头破血流地、以不可阻挡之势涌进来，并想扎根。我恍惚地明白他们这样选择的原因。生活是自己选的，生活的内容和形式都是自己决定的，并且选择之后的享受与代价都是自己拥有的。别人没有身处其中，是无法评判的。我仍是很喜欢那句话：愿所有在大城市奋斗的人们梦想成真，愿所有在小城市享受的人们生活安逸。

我望着这中国第一城市迷离的夜景，渐渐开始思考自己今后的选择。奋斗与享受，是一个选择题。我离想通我的世界还有一点点的路。加油，在回去之前，找到路口。

圆明园，万园之园。但是进去之后，着实让我失望了一把。不断有人说，看一堆废墟有意思吗？我深有同感，没有明白“万园之园”之称从何而来。或许站在那堆废墟石块之上时，会文艺一点说：我站在了历史之上。

其实这段国耻，除了会在读历史书时激起我们的愤怒，此刻在诸多游人的心中又会有何影响呢？不得而知。

时间紧迫，圆明园中粗略游了一圈之后，就往颐和园赶。公交车停下的地方，恰有一处露天快餐店。点了一份番茄鸡蛋面，实则没胃口，只是为了填饱肚子。

颐和园已经大得超出我的想象。一直忍不住地感叹皇帝老儿真不是一般的有钱。门票上写的景点，似乎还有几个没有摸索到。可是此刻的我，双腿已经很累了。

我不好意思承认我迷路了。毫无方向感，只得凭着感觉和偶尔出现的指示牌走。这种随心所欲地行走，让我在突然发现一个景点时，多了一层惊喜之感，并有点沾沾自喜。昆明湖挺大，沿着昆明湖沿岸漫步的感觉似曾相识，我想不起来在哪里也曾有过这般的情景，湖面水光潋滟。阳光洒在上面，刺眼得让人睁不开眼。

我在颐和园里消磨了一个下午，努力地想要想通自己的世界，却总觉得快要接近，但始终没有突破。我有些气馁，便暂时放弃思考，顺其自然吧。也许灵光一现，不期而至。

等到了傍晚时分，我不经意间走到了园子出入口，我才想通了整个路线图，好笑地发现原来自己忍着胃痛走了很多冤枉路。但是我不后悔多走这些路，因为一路看到的是不同景色。我想，在人生路上，同样存在许多这样的情况，很多所谓的“冤枉路”“弯路”，也许在某个层面来说，给了你意想不到的馈赠。只是这种馈赠不是轻易能懂得的，换个角度和心境，你会感谢这样的发生。

听说三里屯是北京现代都市的标志，趁着天色尚早，从园子出来便赶往那里。在向路人打听之后，摸索到那里。我被眼前的场景刺激到了。各种名牌店，许许多多的外国人，总之过往人群的时尚感竟让我产生了一种土包子似的自卑感。再往前走去，沿路有很多大排档和露天酒吧。放眼望去，酒吧门口都坐着外国人，大排档前面坐着很多年轻人，估计是大学生。喝酒、聊天、猜拳、起哄，道路不算干净，味道不算好闻，我竟有点不敢用力呼吸。

对于即将到来的故宫之游非常期待与激动。我曾在电视上看到的那些神秘宫殿终于真实地呈现在我面前。

天气虽然炎热，但游人兴致不减。来故宫游玩的游客实在太多了。我想人们终是对皇权的权威充满着好奇，对这些精致宫殿饱含着赞叹。

倘若手上没有地图，加之方向感不强，十之八九会迷路。我不知道当年那些太监宫女是怎么完成使命，也不知道他们从一个宫殿到另一个较远宫殿，是不是也像我们今天这般累得双腿发酸呢，又是一段无法得知的过往。

看着各处的宫殿，心里有种想强烈靠近却始终触摸不得的距离感。这给我一种挫败感和失落感，仿佛心内有个愿望，却始终实现不了。我不断想着要去横店——影视拍摄基地，我想近距离接触那些仿建筑物来寻求一种安慰。这是不是就是一种退而求其次的妥协呢。

至此，我的间隔月结束了，我终于可以对我的学生时代说一声再见。

学生时代的告别

告别初中

多年前的某一天，坐在课堂上发呆的我，老师的声音越飘越远，那时候我觉得 2008 年奥运会遥远得不可想象，也不知道 2012 年的自己会是什么模样，更不知道将身在何方。

初中的同学，可能会是一辈子的朋友。因为他们和你度过了人生中最不理智的三年，最肆无忌惮的三年，最自由自在的三年。

教室窗外的树上，一群麻雀叽叽喳喳地飞过，树叶悄然飘落，黑板上粉笔唰唰划过，同学们在窃窃私语。

在这三年里，做了多少疯狂的事，多少义无反顾的决定，让你永远无法忘记。

2005 年，我从未发现时间是如此仓促。

后来再次想起，我们是否都想重新来过？

告别高中

2008年这年发生的大事很多。

几年难见的下了一场大雪，学校的操场一眼望去，白茫茫的一片。下课后，全校都涌向操场，打雪仗、堆雪人，一个个都像回到了童年时候。只见年级主任拿着喇叭对着我们喊，同学们，注意安全！

而这场雪给我们带来欢乐的同时，南方却有了一场大雪灾。

体检的前一天我就没敢吃东西，我怕超重。我还在袜子里藏了两块橡皮，用来增加身高，这样可以分担点我的体重。我是女生组最后一个测的体重，接在我后面的就是男生组。我往秤上一站，医生面无表情地报了一个数字："70。"140斤，我听到满屋子男生倒吸气的声音。

我们每个人在青春期时因高矮胖瘦而造成的自卑，只有在遇到真正爱自己的那个人时，才能真正瓦解。

记得那年的课桌，堆满了试卷，我们埋下头，悄悄说话；记得那年天很蓝，风很清澈，我们沿着跑道聊啊聊，走了一圈又一圈；记得那年的我们都很单纯；记得那年的生活也很简单。

而现在的我，一次又一次的怀念，那些我们被狗吃了的青春。

毕业聚会那天，我们集体唱着《北京东路的日子》。

如今，你们都还好吗？

告别大学

青春是一本仓促的书，我们忍着泪，一读再读。

在苏州上的大学，深刻的四年。

毕业典礼上，校长穿得跟秦始皇似的。

本想留个特酷的背影给全班同学，结果一走出大礼堂，眼泪就不能控制，因为这一走，谁知道会隔多少年再见，或者永远都不会再见。我在校园边走边嚎，一点都不顾忌，路人看到我都忍不住叹息：“这位同学是失恋吗？”期间还有路人甲给我递上面纸，结果我哭得更凶，路人甲吓跑了。

看到电影里，下个镜头，一行字幕：多年以后。倍感心酸。

毕业那晚，我们宿舍在 KTV 包夜。《朋友》《祝你一路顺风》《第一时间》《祝福》……我们一遍遍地唱着这些歌，边唱边哭。大学的最后一夜，就这样过去了。

我知道，我将穷尽一生怀念我的大学以及在这大学里遇到的那些人。历历在目，因不再而永恒。

我的许多故事，我的许多悲欢离合，全都留在这座城市。某年某月某日，它们将以特别的方式从头回忆，也许你们会在其中找到似曾相识的影子。或许惊鸿一瞥，或许漫不经心，却全都是我们的故事。不管未来如何，但这一刻，我舍不得你们。愿梦想成真，愿生活安逸。

我们终于来到以前憧憬的年纪，却发现已经有人订婚、有人结婚、有人出国、有人生活顺利、有人坚持梦想、有人碌碌无为……

就像是一个分水岭，毕业时的那个蓝天早已消失不见，那个和你在操场边说着要一起走到未来的人，也早就不知道去了哪里。看着窗外的天，突然就黑了，感觉像我们的青春，突然就没了。

时间停驻在心中，可增可减，可生可灭，只系于一念。

感性如我，终会一生怀念。

我们都有各自的专属昵称，一起享受过在寝室乱炖的美味，耳濡目染中竟也听得懂各自的方言。

偶尔会有小摩擦，但更多的是包容与和睦。在外总是人模狗样，在彼此面前就原形毕露。与我朝夕相伴，陪我度过大学四年的，是切切实实存在的你们呀！

每一次的深夜卧谈会，都在未来变成回忆里的一个美丽的节点，而我们终究要奔赴到各自的未来。如果人生是一场旅行，那你们就是这一站最美的风景。爱你们，我的室友们。

告别青春

那段时间，我停止了忙碌，离开了喧嚣，我渴求内心重现生机。我去了向往已久的西藏。

可惜未能赶上雪顿节。

在苏州的乡下，有种常见的青虾，它们被光照到就会变得呆傻，任由人摆布。

有天清晨，我在杳无人迹的广场上转悠。浓雾弥漫，宛如仙境。

突然，有辆车向我驶来，车灯穿过浓雾打在我身上，那一刻我觉得自己就像青虾一样。

有一天傍晚，我一个人坐在广场上对着布达拉宫发呆。看着暮色降临。

突然，一朵朵烟花在我的头顶上空盛开。

我惊到合不拢嘴，眼睛一眨不眨地看着这绚烂至极的烟花。眼泪啪嗒啪嗒地不可控制地掉了下来。

原来，在快乐中，不必明白快乐，在幸福中，不必明白幸福。

突如其来的邂逅。

在另一个起点，和之前的故事告别。莫到韶华白首，再无回头。我们要努力地享受青春，然后勇敢地安于平淡。

“突如其来的人世，我们都是闯入者。”

如此就好

青春偶像剧《我可能不会爱你》里，有句经典台词：“初老症状一：越近的事情越容易忘记，越久以前的事情反而越是记得。”

深以为然。

我们每个人，都曾在绵绵的澔韵时光里流浪。

记忆的最初，是邂逅生命时，花枝摇曳的微颤。

我知道，记忆有它自身的容量，会被时间清洗，直到一无所有。

那些久远的、模糊的碎片，曾无数次投射在梦醒时分的银幕上，有着黑白电影的静默，却又在某些时刻，像突然爆发的隐疾，简洁、明了，又决然。

我就是这些默片的主角，蓦然回首时，杳如童话。眷恋。

播放模式是随机，我要将镜头捕捉，并定格。

我要让它们变成书页之间的黑白文字，可以随时读起。

这是一段深藏不泯的柔情。

我要将这段柔情折叠起，从此把它压在箱底，绝口不提。

等到某天无意间翻起，我知道心湖会泛起不可抑制的涟漪。

终有一日，它们会在时光中辗转成泛黄的书页，布满老去的墨迹。

山河浩荡，所有人都在这峥嵘的人世间穿行而过。

回忆，是我们活下去的乐趣。

我的悲欢离合，我的喜怒哀乐，总在永不停歇地上演，不肯落幕。

邂逅，充满宿命的味道，却不肯妥协。

在未来，总有一天，能够坦然地，洒脱地，平和地，心甘情愿地，与自己和解。

看爱看的风景，做爱做的事，与爱的人为善，如此就好。

你好，我是圆子妈

2017 年 2 月 1 日，丁酉年辛丑月己未日，农历正月初五，财神日。我取得了有生以来最高成就奖——刘显出生了。

这是个人生命史中，具有划时代意义的大事记。

标志着一个 58kg 的肤白长腿高个儿少女蜕变成一个 80kg 的颈纹妊娠纹脂肪纹的“三纹鱼”大妈。

曾经那个一觉睡到早八点、自由不羁、灵魂有趣、来去潇洒的文艺女青年变成了每天早起、牵肠挂肚、关注育儿、行千里一担挑、为博娃一笑乱唱乱跳的胖女神经。

每晚她睡着后的世界，是全家人的自由狂欢。

每个半夜困到要疯却不得不喂奶的瞬间，都在默默发誓今后再也不当妈，就算当妈也不再奶娃。醒来后看到她，又会心软：我爱你，我愿意继续喂你。

生她后错过了诸多同事好友的婚礼、同学聚会、百日宴周岁宴，让人觉得我高冷。

每天面临涨奶的时间考验，掐算时间，就好像身绑定时炸弹，更像午夜十二点前必须回归的灰姑娘，一旦超时就会原形毕露。

无怪每个用人单位更喜欢男员工，因为他们自由，不会休 128 天产假，不会休哺乳假，他们完全属于工作，不会被婴儿束缚。对男领导羞于启齿难以解释什么是涨奶。那些假想的可能存在的偏见，只能期待用工作能力去扭转。

如今她一岁了，满脑子想的都是“断奶”，以及自由。

尽管这一年过得辛苦复辛苦，却幸福复幸福。

有的热闹，有的笑声，有的深刻，必得当妈后才能体悟。

春风会至，夏雨再临，霜林尽染，白雪覆枝。而我对她的爱将与四时的流转一样从容不迫，顺其天然。

我希望她简单幸福，做一个快乐的小吃货。那些对她长大成人后诸如有能力过自己想过的人生的远大寄语都先待在未来。

有你真的很美好啊，小圆子！

父爱如山

从小到大，我一直很怕王二。

他的“河东狮吼”和“怒目圆睁”给我的童年留下了极其深刻的印象。

王二，就是我的父亲。

3 岁时，王二时常出差，出差回来又被一群实习生簇拥着，与我聚少离多，那时我觉得，那些实习生都比他对我好。但凡有小朋友向他告状我哪里不好，他不问青红皂白，对我就是一顿胖揍。

9 岁时，班主任请王二作为家长代表发言，他在家认真准备了三张纸。我躲在教室后门听他大谈自己的教育经，诸如我吃饭时把最爱的菜端到自己面前被他狠狠批评了之类。

11 岁时，语文老师让我写一首关于父亲的小诗，我洋洋洒洒地抒发了对父爱的歌颂之后，学校广播站每天循环朗读这首诗，然后全校师生都知道王二“有着非常可怕的眼神”。

13 岁时，初潮来了。那时我寄宿在别人家，王二周末去看我时，看到盆里沾血的脏衣服，二话不说就端到水池上洗。我一脸窘迫，想说谢谢爸爸却始终开不了口。

18 岁时，王二送我去苏州上大学，他的普通话不标准，的士司机听不懂。苏州方言更难懂，王二更听不懂。他们两人鸡同鸭讲，始终找不到距离我学校只有两公里的宾馆。

23 岁时，我在家备考公务员，王二给我做饭时切到手指，流了很多血后晕了过去，我吓得魂飞魄散。我还是更喜欢那个生龙活虎的他。我考上公务员之后，他对我嘱咐了两点：第一，任何时候都不允许喝酒，女孩子要自尊自爱；第二，要认真工作，要对得起自己的良心。

26 岁时，我结婚，他的表情一直很严肃。在婚礼现场把我送到新郎手里之后，他转身就抬手擦眼泪。看到我心中的硬汉流泪，我的眼泪奔涌而出。

28 岁时，我进入纪检队伍，成为纪监系统的新人。对于新业务的知识，他不再是我的“百科全书”。他让我谦虚好学，谨言慎行，用担当诠释忠诚，无愧于党和人民。

……

回顾往昔，点滴小事涌上心头。又是一年父亲节，万千爱意，难言于笔下。

愿他一世鲜花着锦，四季如春风。

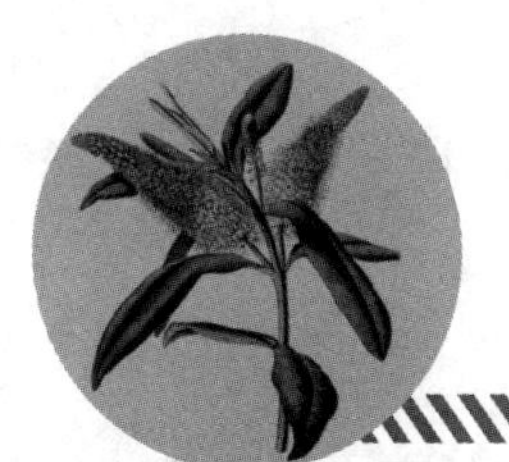

第六辑　微微一笑

谁的一见钟情

他大学毕业，到她所在的高中教英语。她英语极好，一直是英语课代表。

那是他与她第一次见面。

就好像是上一世有着某种牵连，落在这一世，就成了命中注定。

一见钟情。确认过眼神，我遇上对的人。

有时候，惊鸿一瞥，就是一生。

“于千万人之中遇见你所要遇见的人，于千万年之中，时间的无涯的荒野里，没有早一步，也没有晚一步，刚巧赶上了，没有别的话可说，唯有轻轻地问一声：‘噢，你也在这里？’”张爱玲最有意味的小说——《爱》似乎可以解释这种初见。

他懂，她也懂，只是他们什么都不说，第一次见面时彼此的眼神能代替所有。

发乎情，止乎礼。他记得作为一名老师应有的责任。所以，不打扰，是他的温柔。

他选择等。

春去秋又来，她顺利考上一所名牌大学。这之后，他们似乎可以顺理成章地在一起。记不得是谁说的，最好的感情，就是两个人莫名其妙地在一起。他们好像就是占了这种“莫名其妙”。

她读大学期间，不少男生追她。不乏那些天天起早买包子送到宿舍楼下以求打动芳心之类的俗套情节。她都神色淡淡地以“我有男朋友”拒绝对方。可是有心细的人发现，她说那句话时眼底有藏不住的幸福光芒。于是，大学里很多人知道，她有一个神秘男友，可是他们从来没有见到过他。而他，则被家里催着相亲，连“不孝有三，无后为大”“男大当婚，女大当嫁”的古老信条都被搬了出来。他同样以“我有女朋友”来回绝父母，父母急道怎么不领回家看看，他每次都笑笑：“快了。”于是，家里人知道，他有一个神秘女友，只是不知道是不是这小子为了躲避相亲糊弄他们的借口。

时光终于在他父母的催促中急急过去了。

这一年，她大学毕业。他向她求婚，她微笑着点头答应。就好像明星的地下恋情被狗仔曝光时引起的轰动，周围人先是一惊，可是再仔细想想，两人怎么看怎么登对。他和她往那一站，那画面说不出的舒服，仿佛这画面本来就该是这样画的。所谓天注定，不过如此。

婚前体检。他被查出肝有问题，不可以有孩子。也就是说，他是个不适合结婚的人。她的父母知道后坚决反对这门亲事。他也要她重新寻找幸福。

真正爱一个人时，是真的希望他（她）幸福，这不是童话，也不是传说，是真实发生在我们这些凡人身上的真爱故事。

那一夜，他们静坐了一整晚。他说，一个女人没有孩子的人生是不完整的，他希望她幸福。她哭了，她不肯离开。无论他怎么劝，她始终坚持要留在他身边，哪怕做不了母亲。他说，你还年轻，路还很长，不要让自己将来后悔。她说，只要你在身边，就没什么好后悔的。他坚持她的幸福，她坚持她的选择。

两人倒没有一夜白头，只是都仿佛老了很多。那是内心的沧桑带来的憔悴。就在两人僵持不下之际，医院打来电话，说很抱歉，弄错了单子，他是健康的……仿佛做梦一般，电话里一再确认。人生如梦亦如戏。两个人呆呆地望着对方，又哭又笑，又笑又哭。

当初彼此的一个眼神，让他们走过几年的韶光。知道他们故事的人都唏嘘不已。很多人问他们，是什么让他们吃了秤砣铁了心认定彼此。

是在他被误诊时，彼此要对方幸福的坚持？还是在她上大学时，彼此默契地抵挡外界热闹的坚持？或许是更久前，初见时，那惊鸿一瞥，那充满肯定意味的眼神？或许是更久更久以前，在他们都不存在之时，就被命运安排好的宿命？不得而知。

愿得一心人，白首不相离。

谁的一见钟情，不刻骨铭心。

我们那么近那么远

壹

2007 年，高二的暑假才过了一半，大家就接到补课通知。这意味着要提前坠入高中生涯最煎熬的尾端。

窗外的阳光亮得刺眼，树上的蝉发疯似的吵着，头上的风扇“嗡嗡”地转着。宁双雪扫视了教室一眼，同学们一个个像蔫了的茄子，她的精神自然也好不到哪里去。

这节语文课讲的是韦庄的《菩萨蛮》。身为课代表的她自是强打着精神，捕捉从那张嘴里跑出的字。

“韦庄，唐末五代诗人、词人。字端己，杜陵人……”

“好，现在我们把这首词朗诵一遍！”美丽的女老师硬是与这沉闷的氛围作抗争。

“人人尽说江南好，游人只合江南老。青水碧于天，画船听雨眠……”一个个小和尚念经似的，无奈。

“垆边人似月，皓腕凝霜雪——咦？！嘿嘿……好巧啊……”议论声从四处传来，刚刚还是蔫了的茄子，现在一个个都是新鲜饱满的了。这样的年纪对任何一个可成话题的话题都兴奋不已。

人似月，任寺栎。

凝霜雪，宁双雪。

女老师先是一愣，很快便反应过来。嘴角露出一抹不易捕捉的笑容。

此时的宁双雪不必再强打着精神，因为四周的眼神与议论声将她置入一个漩涡的中心。她只得紧紧地盯着书本看，咬嘴唇的动作泄露了她心底的不平静。

而隔着一个过道的任寺栎，则是一脸的无所谓，以懒洋洋的神色回应着大家。

女老师为了彻底激活气氛，干脆佯装不知，直接要求大家来分析“垆边人似月，皓腕凝霜雪”这一句。

“谁来把这句的平仄声划分一下？”

“我来！我来！垆边 / 人似月，皓腕 / 凝霜雪。”

很明显的重读，意味深长的语气，大家心照不宣地大笑来，就连任寺栎也干巴巴地笑了几声。宁双雪闻声扫了他一眼。

如此这般，宁双雪真是哭笑不得，这被撕开的躁闷空气应该有她一半的功劳吧，也该对得起那一直坚持着的语文老师了，也该对得起课代表这职位了。只是，这样的方式真的好尴尬。

贰

转眼，国庆快到了。虽是高三的学生，对放假的热情仍不减当年。

还有 24 小时 18 分 22 秒！

还有12小时6分30秒！！

还有2小时！！！

哈哈，还有一节课！！！！

放假前的最后一节课往往是最不安定的，这么多任课老师，恐怕只有上老班的课，大家才表现出一副求知若渴的好学样——都是迫于他老人家的淫威啊。

这个可爱的小老头，以前一直笑呵呵的，可直到升入高三，才露出他的“庐山真面目”。每次开班会，大家都会被他骂得狗血淋头。

在看了无数次的手表后，终于下课了，小老头简单交代了一些注意事项就over了。教室顿时像炸开的锅：收书本的声音，桌椅碰撞的声音，还有大家的嘻哈声。

宁双雪也被这热闹感染了，心情愉快地慢慢收拾书本。没想到高三才两个月，竟已有了这么多试卷，还有这么多的笔记本，还有这么多的复习提纲，还有这么多的——“国庆回去上QQ”，感慨还没发完，就被一个声音生硬地掐断了，同时瞥见他甩在桌上的小纸片。

宁双雪迅速抬头，只看到任寺栎丢给她的仍是一副懒洋洋的背影。她这才发现教室里只剩下她一个人，如果不算刚刚离开的任同学的话。

她心情复杂地打开那张纸片：我的QQ：949346752。

宁双雪所在的学校规定：高中生不准用手机。所以同学们之间互相联系都是通过QQ。“你QQ号多少”就等于“你手机号多少”。

坐在电脑前，宁双雪不是没有犹豫的。想想自高二文理分科以来，进入这个新班级，她与任寺栎虽说座位靠近，但貌似说过的话不超过5句吧。只知道他是体育课代表，是校篮球队的队长。

他为什么会给我QQ号呢？他经常这样给女生QQ号吗？他嘛，长得还算可以吧，经常看到高一的小学妹送情书给他，这大概就是距离产生美吧。这种人应该是那种四肢发达、头脑简单的类型吧，不对，应该不简单……宁双雪用力甩甩头，嘴里发出“咦咦”声，想把脑袋里乱七八糟的想法都抛出去。

大家同学一场，想那么多干吗？

于是，宁双雪小心翼翼地把任寺栎的 QQ 号输进去，加为好友，成功。

“你在啊？”

“嗯。”

这不是废话吗，不在怎么会加你为好友啊。

一阵沉默，宁双雪刚想说点什么，谁知屏幕上冷不丁地出现一句：“你能不能把名字改了？”

什么？宁双雪一脸问号。

“为什么？”

“咱这样太暧昧。”

“你为什么不把自己的改了？”宁双雪忍不住翻白眼问道。

“我爸妈取的，他们肯定不同意。”

“难道我的名字不是爸妈取的？”宁双雪突然觉得任寺栎好幼稚。

“再说了，我名字里还有“寺”，你不觉得很酷吗？”

“孩子，你以为你道明寺啊？《流星花园》已经过去好几年了。”宁双雪不紧不慢地回复道。

“你！！！”任寺栎词穷。

透过屏幕，宁双雪仿佛看到任寺栎挫败的样子，一种成就感油然升起。

“小雪，吃饭了！”是妈妈的声音。

“嗳，就来！”宁双雪应声道。

“我下了，88。”

“喂，我还没说完。”

“以后再说。”

宁双雪匆匆关了电脑，走出房间。吃饭时想起还有好多试卷要做。不能上网了，要赶紧把作业给解决掉。

短短的几天假，居然布置了那么多作业。这就是高三学生的命。那句话怎么说来着，叫“辛苦一年、精彩一生”！

“哎”，宁双雪重重叹了口气，埋头做起作业，自然也将上网的事抛却脑后。

叁

快乐的时光总是短暂的，假期很快结束，大家重新坐回课堂。

晚自习，很多人在奋笔疾书赶作业。宁双雪则拿出课外资料做起来。教室里安静得只听见笔与纸亲密接触的声音。

“嗖”，一个小纸团准确无误地落在她的本上。循着纸团飞来的轨迹望去，当事人竟若无其事地做出埋首苦读的样子。真不愧是打篮球的，抛得那么准。

“后来为什么不上网？我们的问题还没解决。”纸团的下方画着道明寺一样的人物，寥寥几笔，却如此形似。

宁双雪忍住笑，在上面写道：作业太多，没时间上网。“嗖”，纸团又飞过去了。可惜她不是打篮球的料，纸团落在他脚边。

“我一直在等你上线的。”又加了一个苦脸。

倘若别人看见，这句话足以让人想入非非，但在宁双雪看来，这只有一层含义——我等你解决姓名的问题。

真够无聊的，宁双雪决定彻底打断他的念头。

“反正我不会改的，幼稚鬼。”

纸团来来回回几次，忽然同桌叶梓推了推她的胳膊，她扭头看去，无意瞥见窗外一个人影闪过。不由得，心一沉。突然警醒般，高三了，分秒必争，自己竟还在这边写纸条，纠缠于那些无聊问题！一种罪恶感涌上心头。

当那纸团再次飞来时，她看都没看，就把它收了起来。

没过多久，班级调整座位。宁双雪看到座位表上，任寺栎与她隔得好远。想起那晚教室外的人影，一切了然于心。同时，她也安慰自己，或许只是他们坐得太近。

肆

高三学生的心理总是复杂的。一方面，想快快熬过这段苦日子，另一方面，希望高考不要那么快到来。

伴随着这样的心理已到了第二学期。

很快，便是情人节。2 月 14 日，充满诱惑的字眼。

一整天，同学们都有点异样，至于怪异在哪里，却是说不出来。

因为是星期六，所以只需白天上课，晚上不用上自习。

晚上电影院上映日本经典电影《情书》，好多同学都说要去，并且夸张地煽情道："在这段艰苦的岁月，我们也需要爱情的滋润……"众人哈哈大笑。

如此紧张的学习生活，有这些可爱得堪称活宝级的同学的调节真好。宁双雪数收上来的语文作业本时心里默默念道。

一本作业本送到她面前。这个任寺栎，每次都在她想事情时出现。

"晚上和大家一起看电影吧。"那么淡然的语气，听不出是邀请还是询问。

"嗯？嗯。"而宁双雪的回答也听不出是答应邀请还是在陈述这件事情。

这两个怪人。

电影院里呼啦一群人都是同班同学，相对于那些一对对的情侣，这群人煞是惹眼，仿佛他们破坏了别人的二人世界。如果老班知道他们没在家复习而是跑出来看电影，不知是骂“朽木不可雕也”还是仅仅“怒其不争”。

唯美温馨的画面，将宁双雪带入另一个世界。

两个藤井树，学生时代曾因姓名而被同学们戏弄。这，是否有一点像她和任寺栎。

两个女子的通信。藤井树（女）在这回忆中才渐渐发现藤井树（男）对她深厚的感情。

影片最后结束时的一个经典画面，藤井树（女）望着手里，当年藤井树（男）曾经夹在书里亲自交还给她的最后一本书的借书卡，也是第87张写有他们共同名字的借书卡，感慨万千，泪盈于睫。虽然迟了很多年，但终于翻到了背面，那远在天国的爱人也会因此而盈泪含笑吧。也许抛弃了所有瑰丽和浮华，爱，用最简单的形式来表达，也就是一张小小借书卡背面淡淡的素写。而那本以爱作签的书的名字叫——《追忆似水年华》。

宁双雪不觉叹了一口气，这样的感情是否发现得太晚？在顷刻的电光石火间，仿佛明白了什么似的。下意识地扭头寻找任寺栎的人影。人群中早就有一道眼神等候在那里。读不透的深意。

这一次，宁双雪没有急着避开那目光。影片的唯美与高考的压力让她有那么一瞬的喘不过气来。她想在那眼神中寻找到安定的力量。仅此而已。

伍

4月1日，愚人节。宁双雪打心底里痛恨这个节日。因为，她曾是这个节日的“受害者”，比如她那被调包的达能饼干。

今天，她要提高十二万分的警惕避免再受“迫害”。

在食堂吃完晚饭，回教室上晚自习。这万恶的愚人节总算快结束了，宁双雪轻轻吁了口气。

打开笔袋，一张纸条映入眼帘，刚刚松懈的神经倏地绷紧了。

“凝霜雪，你喜欢垆边的人吗？”又是“道明寺”的笔迹。

抬头瞄向他的座位，他正和旁边的人谈笑风生。感受到她的目光，他也似有似无地看过来。

“哼！任寺栎，你把我当愚人耍吗？”宁双雪在心里鄙夷道，不觉笔尖戳破了作业本。

深呼吸了一口气，继续做作业。虽然心里乱七八糟的，但决意与“愚人”这个称呼划清界限。

这个有关《菩萨蛮》的愚人节事件不了了之。

陆

高考结束就意味着天南地北。于是连那些平时不是很熟络的同学都互相写同学录。

时常出现这样的情景：一个同学买了一本厚厚的同学录，然后一桌桌地发过去。

这次，轮到任寺栎。看着他走近的步伐，宁双雪有点紧张，又有点期待。

偏偏到她这桌时，只发了一张给叶梓。宁双雪瞬时心一沉，尴尬不已。幸好周围人没发现这点小事端，可任寺栎还在旁边。

她故作无所谓地打开笔袋。说时迟那时快，任寺栎从后面塞了一张纸条进去。

紧张。

也不知后面的同学有没有看到，不过也无所谓了。自从学了韦庄的《菩萨蛮》，她和任寺栎总是被联系在一起。打个不恰当的比方，就像说到赵本山，就会想到宋丹丹。

“同学录是留给以后不怎么见面的同学的，而你就不需要了——道明寺上。”

“臭美，”宁双雪暗笑道，一种甜蜜从心底升起。一阵风吹过，扑在宁双雪的脸上，留下温暖的痕迹。

柒

高考自由复习期间，学生可以自由选择复习地点。

宁双雪和叶梓两人只是老老实实地待在自己的“革命根据地”。而周围的人则不知到哪儿“闹革命”去了。

看着墙上的倒计时表，大家既紧张又有些不安地兴奋。只要到了课间，大家就三三两两地聚在一起，天南地北，谈得眉飞色舞。其实，这都是在排遣紧张的情绪。

“啊哈哈，额呵呵呵……”一团爆笑声从一个角落传来。循声望去，任寺栎和李姿等人笑得快要抽搐。

李姿，那个说话很嗲的女生，自视自己很可爱，不过确实挺可爱。与男生说话时，声音甜得要滴水。

“真恶心！”叶梓愤愤地骂了一句。

“男生应该都喜欢这样的女生吧。”宁双雪淡淡地说了一句。心里某个地方一点一点往下陷。

一连几天，任寺栎都和李姿坐在一起复习，所以经常听到他们“放荡”的大笑声。

宁双雪，如果说她对此没有感觉，那是骗人的，只是——闭上眼睛，心里下起大雪，天寒又地冻。

捌

高考复习进入白热化阶段。人在极度紧张的情况下需要一些慰藉。好比溺水的人随便抓住个什么都能感到一丝生机。

宁双雪迷上了阿桑的《一直很安静》。下课后、晚自习前，这些空余时间她都会拿出 MP3 来听。

空荡的街景 / 想找个人放感情
做这种决定 / 是寂寞与我为邻
我们的爱情 / 像你路过的风景
一直在进行 / 脚步却从来不会为我而停
给你的爱一直很安静
来交换你偶尔给的关心
明明是三个人的电影
我却始终不能有姓名
……
给你的爱一直很安静
除了泪在我的脸上任性
原来缘份是用来说明
你突然不爱我这件事情

而同桌叶梓则迷上“快男”王栎鑫，买了那种从头到尾都是他的本子。两人也会偶尔“切磋”，交换彼此的“喜爱”。

那么一个大大的“栎”字，刺痛了她的眼睛，被拨动的心弦，让她明白原来自己一直在压抑着什么。

再次听《一直很安静》的时候，宁双雪有种想哭的冲动。

玖

那终生难忘的三天将镌刻在每个人的年华里。站在十八岁的尾巴上回望，这场战役，都将挥之不去。

暑假策马加鞭地赶来。对于经历了高考的人来说，接下来的日子也是不安定的：估分、查成绩、填志愿。

这段时间，宁双雪一直和家人在研究各个高校的《招生简章》，俨然快成为专家了。

终于，7 月下旬，宁双雪收到 S 市 N 大的录取通知书。

在等待开学的日子里，宁双雪这才发现，光顾忙着，与同学们都没怎么联系，比如叶梓，比如……

宁双雪与叶梓坐在 KFC 里。一份草莓圣代，一份巧克力圣代。

“任寺栎被 Z 大录取了，和我都在 G 市。”叶梓嘴里塞得太多，声音模糊。

“我又没问你，什么时候这么鸡婆？”宁双雪白了她一眼。

“女人啊女人，你的名字叫口是心非。”叶梓朗诵诗歌一般。

宁双雪作势要打她。

愉快的时光。

拾

没想到迎接大一新生的军训是如此残酷，从宁双雪晒黑的皮肤就可窥一斑。

军训结束后，宁双雪全心投入新生活。每天的日子都是忙碌的，有时竟比高三时还忙，真有点莫名其妙。

偶尔闲下来，也会与叶梓煲电话粥，谈谈彼此的生活。古灵精怪的叶梓总是时不时插入一些有关任寺栎的话题。

天地可鉴，宁双雪绝对没有主动打听的意思。

“双雪，听他们说任寺栎这个星期天去S市哎。”

“关我什么事，臭丫头。”

“哎，哎，哎……”

这次通话在叶梓的叹息声中结束。

N大食堂。

任寺栎认真地品尝了一番这些菜，搞得像从贫民窟走出来的孩子。看来他不虚此行啊。

任寺栎，离开。

宁双雪，进去。

那么近的距离却如此擦肩而过。是不是因为始终隔得太远。

拾壹

“双雪，任寺栎还去你学校的，你知道吗？”

“啊？我不知道啊。”

原来他来过，可是，为什么，连个招呼都不打。

进入大学后，他们也发过信息，只是简单的问候。既然有她的手机号码，为什么到了却连个电话都不打？也好让她尽一番地主之谊。

“喂，双雪，有没有听我讲话啊？”

“啊？对不起，你说什么？”

“我让你放假来我这玩。”

“去你那？让我再想想吧。”

“哎呀，想什么想啊？快来，不来的话就和你翻脸了。我可是认真的。”

“喂，你这是威胁！”

经过一番争论，宁双雪终于妥协。

两天的行程很快结束，宁双雪对 G 市的风貌也算有了一点了解。第三天上午，她就要坐火车前往 S 市了。

请乘坐 D281 的旅客到第四候车厅等候检票。

“双雪，再等等吧，我已经打电话给任寺栎了，他正在赶来。”

“额，你干吗让他来啊？”宁双雪一脸汗颜。

“同学一场嘛……”叶梓地表情很是心虚。

任寺栎临时接到叶梓的电话，急忙往车站赶。偏偏，路上，两辆轿车有了碰撞，司机下车据理力争，造成交通堵塞，围观的人也越来越多。

“妈的！”任寺栎低声骂了声。

“不行，时间快到了，我要进去了。”

“恩，你路上小心点，到了打个电话给我。”

“知道了，我的叶大妈！”

宁双雪，离开。

任寺栎，进去。

就算我们缩了 S 市与 G 市那么远的距离，我们依旧会错过，是不是因为我们此刻太近了。

拾贰

4月7日早，英语课前，同学说，阿桑死了。

宁双雪内心的震触不是言语可表达的。仿佛一瞬间，透过生死，透过《一直很安静》，什么都包围了她。

身在异地的她再次听《一直很安静》时，几度欲落泪。面对生死，时间与空间又算什么?

那晚，宁双雪抑制着内心的难过，拨通了那个号码。

“喂。”电话里传来任寺栎的声音。

宁双雪沉默着。

“说话啊。”

“你在哭？”

难道透过这冰冷的电话，你能看见我的眼泪。不得已，依旧沉默。

“恩，那个，前天我是准备送你来着，但路上堵车。等我到时，你都走了。”

“我喊你老大了，你倒是说句话啊。”

……

那晚，那个长时间的通话，终于融化了宁双雪内心的冰雪。那些曾经的纷纷扰扰，都随着阿桑的歌声远去。

有些东西，终于浮出时空的水面，来到彼此心底。这一次，我们终于是——那么远却那么近。

魔都的丑小鸭

现实不说话的时候特梦幻，现实一开口说的全是梦话。

林青在上海，有一段不太美好的记忆。

魔都，成为魔的人。

林青进了上海一家大型广告公司。

林青不喜欢学生时代的自己，被学业、分数、名次淹没的自己，显得那么无助和可怜。没有自我，像是一台机器。离开校园，参加工作后，林青似乎才感受到自我，一个鲜活的属于自己的自己。

林青在这个公司看到了一个人——罗伯特。他是这家广告公司的总经理。第一次看到他的时候，林青激动得不能呼吸，以为他就是她的真命天子。

这家广告公司，美女如云。不会化妆的林青，简直就是一只丑小鸭。

琳达是和林青同一期进公司的人。她五官精致，身材妖娆，真是一个顶级美女！可是从她们共事的第一天起，她就看林青不顺眼。悲剧的是，林青在洗手间里听到，琳达的理想型是罗伯特。林青在镜子里，看到自己这一身的肉，叹了口气。

年底，公司有年会，林青为她的晚会礼服忧心不已。就在这关键时刻，林青收到一个礼盒，署名的竟是“萝卜丝”。林青的心怦怦直跳，打开礼盒一看，是一件黑色礼服。林青的世界突然就灿烂了，心里就像有一百只蝴蝶在飞呀飞呀飞呀……

只是，这件礼服怎么穿在身上这么紧？为了她心爱的罗伯特，林青豁出去了！

终于等到了年会。这天晚上，林青胆战心惊地穿着把她勒得像一只粽子的黑色礼服，脚踩黑色高跟鞋，提着一口气扭扭捏捏地走进了会场。“刷”，所有的目光如聚光灯般向她射来。

她在人群中，第一眼就看到了琳达，因为琳达身上的礼服和她身上的一模一样。林青突然有种不好的预感。那身礼服穿在琳达身上是多么高贵典雅啊，她就是黑天鹅，而自己却像一个修女，并且是肥胖版的修女。

为了这个晚会，为了能挤进那件黑色礼服，林青一天没吃饭。天知道她有多饿啊！林青在自助餐桌上瞄到一堆小蛋糕，趁大伙儿不注意，矜持地拿起一小块蛋糕，矜持地一口一口地抿着。突然，林青感到背后有人推她。一个重心不稳，摔倒在地，蛋糕沾礼服上了，不过这不是重点。

“刺啦”，穿在她身上的礼服，腰部位置开缝了，林青肚子上圆润的“游泳圈”就这么毫无防备地暴露在众人面前。

林青又感觉到闪光灯在闪啊闪，她的世界在转啊转。她多想直接晕过去得了啊。可是因为饥饿，她无比清醒地清醒着。

林青把目光投向了罗伯特，多期望他能像骑士一样，脱下西装外套，拯救她一把。可是她从他脸上也寻到了看热闹的表情。

林青叹了一口气，自己爬了起来，往大门走去。她在自己租的小屋里坐了一夜，思考了一夜。她决定，要“改头换面”。

第二天一大早，林青翻出彩妆杂志，依葫芦画瓢，给自己化了一个妆。

然后，娉娉婷婷地走进了公司。林青非常满意大家看到她后的反应：杰克把水倒到了戴维的头上，莉莉的文件夹掉到了地上，瑞奇撞到了墙上……只是，在给总监讲项目推广时，这个老头哆哆嗦嗦地指着她，说：“你……你……”然后就晕过去了。

这时，林青才知道她化的妆多么震撼，简直就是“惊为天人”。

林青又在小屋里坐了一夜。

她离开公司一个月了。

有天林青在徐家汇闲逛，突然拐进一家叫尼奥伊美姬的造型店。她遇到了这家店的老板李易。李易是她生命中的贵人。

因为是李易重建起林青对生活的信心，对自己的信心。李易告诉林青，最好的化妆品和武器，就是微笑。李易教会林青好多好多东西，比如如何合理地进行饮食，比如如何妥帖地收拾自己。

“每天都要打扮得能怎么漂亮就怎么漂亮才出门，因为你永远不知道今天会遇见谁。无论你多少岁，读多少书，生得美不美，都要做个闪闪发光的漂亮姑娘。开心的时候要漂亮，不开心的时候更要漂亮！漂亮如果有秘诀，那就是：狠狠宠爱自己！”

林青跟着李易在尼奥伊美姬工作了一年。一年后，经过一番彻底的改头换面，林青都快不认识自己了。她以 Maggie Q（没错，她盗用了女神的名字）这个新身份，再次踏进那家广告公司。在哪里跌倒，就要在哪里站起来。这次，林青又娉娉婷婷地走进了公司。

林青非常满意大家看到她后的反应：杰克把水倒到了戴维的头上，莉莉的文件夹掉到了地上，瑞奇撞到了墙上……

上班第一天，罗伯特就主动跟林青说，有什么不方便的地方尽管找他。

佛说，与你无缘的人，你与他说话再多也是废话。与你有缘的人，你的存在就能惊醒他所有的感觉。

林青微笑点头。

半年后，林青在这家公司，做出了业绩，完胜琳达。罗伯特开始追她。

不要说别人变了或者世界变了，因为最先改变的是你自己。

这时林青知道，她可以离开上海了。不是落荒而逃，而是带着成绩骄傲地离开。

以前多么不能原谅的事，现在都能笑着说出口，这就是成长。

这座城市不适合她。

魔都，给了林青魔一般的回忆。

她需要一个情真意切的城市，哪怕是个小城市也行。

愿所有在大城市的姑娘都梦想成真，所有在小城市的姑娘都生活安逸。

后记　愿你走过泥泞，依旧美丽

2005 年 9 月，高一入学。

语文老师是一个刚毕业的名牌大学女研究生。

因为年轻，加之又是老乡，我与她迅速亲近起来。

记得有次我不解地问她，为什么不留在大城市，怎么回老家教学了。

她看着我意气风发的样子，欲言又止。

最后只说了一句，等你长大你就懂了。

彼时的我年少轻狂，对未来充满了一万种可能的想象，但其中却没有大学毕业后回老家工作的想象——因为我固执地认为，那是最没出息的选择。

结果，2012 年，我毕业回了老家。

2008 年 6 月，高考。

考第一门的那天早上，我妈让我咬了一口糕，又让我咬了一口粽子，寓意高中金榜。然而我高考发挥失常，最后只考了一个踩线的分数。

填报志愿时，班主任建议往外省报，能上一所重点大学。我爸经过深思熟虑，不想他唯一的女儿奔波千里，最后让我报了苏州一所普通本科大学。

也许从那一刻起，我就在与所谓命运做抗争。

2008 年 9 月，大学入学。

大学里，我时常混迹于图书馆。那四年里看的书和写的文章数量堪称有生以来的巅峰。

因为我想翻盘。

大三下学期末，我开始备考研究生，目标是中国传媒大学。

那时我还有着单纯的媒体梦。

结果这时，我爸又开始向我灌输新的理念——作为一个女孩子，有个稳定工作很重要。

在我上大学后，他对我上名牌大学的向往已被希望我能找个好工作所替代。而他认为的好工作，就是有个铁饭碗。从小就特别听话的我，又开始去考编制。

考了两次就发现，原来编制很难考。

这时，我第一次想到了我与高一语文老师在那年秋天的对话。

2013 年 8 月，历经千辛万苦，我终于如了我爸的愿，考进了体制内。

那一年我 23 岁，我再一次想起，当年语文老师的欲言又止。

在那被书山题海压得喘不过气的少年时代，在那视恋爱为禁忌的青春时代，我曾无比向往偶像剧里的“二十几岁”。

我曾以为的“二十几岁”，意味着自由与独立，意味着美丽与伶俐——成为都市时尚精英白领，踩着哒哒作响的高跟鞋，身着昂贵的套装，化着精致的妆容，姿态昂扬地来回于写字楼的地面上，光芒万丈，经济独立，恋爱自由。

而在工作稳定之后，我才开始真正面对我的“二十几岁”。

工作严肃，不苟言笑，穿着正经，与时尚绝缘，情到深处已是孩儿她妈。

作家韩寒曾说过：“中国的特殊情况是，很多家长不允许学生谈恋爱，甚至在大学都有很多家长反对恋爱，但等到大学一毕业，所有家长都希望马上从天上掉下来一个各方面都很优秀而且最好有一套房子的人和自己的儿女恋爱，而且要结婚。想的很美啊。”

生活圈和工作圈的限制，决定了我只能走相亲这条路。

这与在职场遇到自己另一半的都市偶像剧剧情设定相去甚远。

我再一次感受到偶像剧与现实的差距。

在经历了两次不顺利的相亲之后，我已经做好了终身不嫁孤独终老的苍凉准备。

就在这片消极惨淡的情绪中，有位跟我妈一般大的女同事走进了我的办公室。

她热诚地为我介绍一个小伙子。刚一听到她说这个小伙子在部队里，我就急忙请她打住——在部队的不予考虑，一年只能见一次的婚姻太辛苦。

然而，这位女同事非常执着地坐在我办公室，期待我与那小伙子见面。

考虑到都在一个单位，不好拂了人家的面子，就答应与那正好在家休假的军人小伙见面。

谁想那晚一见面，我和我的小伙伴都惊呆了。

这个军人小伙是我高一的同班同学，彼此从未交流过一句话。同学一学期之后，文理分科就再没见过。

记忆中的小伙纤瘦且神情高傲，而眼前的小伙已高达一米九且阳光温暖。

军校和部队，真是一个改变人的地方啊！

小伙记忆中的我，是个短发女胖子，而他眼前的我已经褪去婴儿肥且长发飘飘。

如果早几年遇到，我们也许不会选择彼此，这大概就是人们常说的“晚一点遇到也好，只要是你”。

后来，我就成为了一名光荣的新时代军嫂。

所以，我是通过相亲，才遇到了自己的另一半。

偶像剧一般是在男女主角一起走进婚姻殿堂的那一幕而大结局，因为婚后生活的剧情俨然不符合偶像剧的设定，严谨点说，该叫做家庭伦理剧。我对偶像剧的向往早已戛然而止。

我以为人生中最美好的“二十几岁”，却是匆忙奔跑的十年。

毕业后要找工作，工作后要找对象，恋爱后要结婚，结婚后要生娃……等忙完这一圈，一不小心就走到了“二十几岁”的尾巴。

今年，我迎来了自己的三十岁，从奔三队伍跨进了奔四队伍。

十四年过去了，我依旧难忘在那个秋天，与刚毕业的语文老师对话的场景。

也许她也曾年少轻狂意气风发，也许她也曾对未来充满想象，也许她也曾对偶像剧的设定深信不疑。

初闻不知曲中意，再听已是曲中人。

“你写 PPT 时，阿拉斯加的鳕鱼正跃出水面。

你看报表时，梅里雪山的金丝猴刚好爬上树尖。

你挤进地铁时，西藏的山鹰一直盘旋云端。

你在会议中吵架时，尼泊尔的背包客一起端起酒杯坐在火堆旁。

有一些穿高跟鞋走不到的路。

有一些喷着香水闻不到的空气。

有一些在写字楼里永远遇不见的人。”

我一遍遍读着这段充满诗与远方的网红文字，一遍遍提醒自己，人生原有的一万种可能。

感谢自己这些年始终不曾放弃读书与写作。

读书，是精神的延长。写作，是与世界的交流。

这两样是我唯一与生活对抗的武器，也是我唯一在青春流逝中活得更淡然的密码。

曾经拼命想长大，长大后却看到成人世界背后的残缺。

曾经以为自己定会成为社会精英，后来却发现原来自己只是一个普通人。

曾经认定自己会光芒万丈，最终才确信自己的平淡无光。

我用十四年的时间，终于承认自己的平庸。

在这个追求少女感的社会主流审美潮流中，我们惊觉时间如流过指间的细水，越是拼命抓住，越是不可追。

《我们来了》节目组向嘉宾刘嘉玲抛出一个问题：“如果可以，你最想回到哪个年龄？”刘嘉玲想了一会儿，回答说：“我现在这个年龄。我不喜欢我以前那个时候，因为你很彷徨，你很不确认，你很不自信，我现在这个状态，是我自己最饱满最自信的。”

我不再以偶像剧的剧情来衡量自己的生活精彩与否，我也不再以世俗的价值观来判断自己的事业成功与否，更不再以社会的主流审美观来评价自己美丽与否，而是潜心于阅读与写作，感受自己的精神逐年敦厚且包容。我也在始终寻找不被年龄捆绑的女神所处的最饱满最自信的状态。

厄尔曼说：“青春不是桃面、丹唇、柔膝，而是深沉的意志、恢宏的想象、炽热的感情。”

青春诚短，杳如童话。

对于真正精神富足的气质美女来说，年龄只是一串数字。

希望下一个十年，可以更从容。没有五花马千金裘的豪气，可有手倦抛书午梦长的小憩，亦可有敲棋子落灯花的闲适。

就像作家刘瑜说的那样：“愿你有好运气，如果没有，愿你在不幸中学会慈悲；愿你被很多人爱，如果没有，愿你在寂寞中学会宽容。”

睁开双眼，寻找自己，努力生长，成为森林。

芳华正茂，情投意合，心有所念，身体健康。

下一个十年见。

愿你走过这一路的泥泞，依旧美丽。

愿那时的你，眼里始终有星光。